이솝으로 배우는

같이학교

[가치]

이솝으로 배우는
같이 학교 【가치】

글 강지혜 | 그림 홍지혜

펴낸날 2015년 1월 30일 초판 1쇄

펴낸이 김상수 | **기획·편집** 위혜정, 박정란, 김새롬 | **디자인** 문정선, 김송이 | **영업·마케팅** 황형석, 장재혁

펴낸곳 루크하우스 | **주소** 서울시 성동구 아차산로 143 성수빌딩 208호 | **전화** 02)468-5057~8 | **팩스** 02)468-5051

출판등록 2010년 12월 15일 제2010-59호

www.lukhouse.com | cafe.naver.com/lukhouse

상상의집은 (주)루크하우스의 아동출판 브랜드입니다.

상상의집

이솝으로 배우는 같이학교 [가치]

상상의집

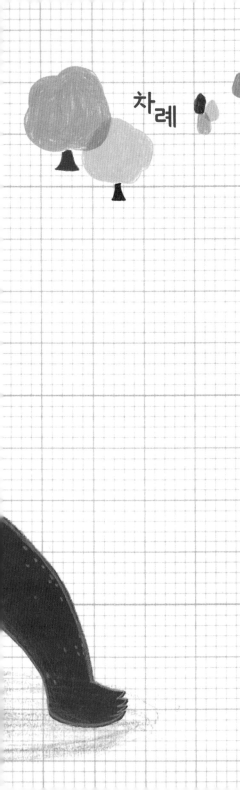

차례

이솝 이야기는

인간 세상을 닮은 동물 세상을 통해

삶의 지혜와 교훈을 전해 주는 책입니다.

이솝으로 배우는 같이[가치]학교는

같이 생활하는 공동체를 처음 경험하는 어린이들에게,

이솝 이야기 속 **가치**를 알려 주어

조화롭게 어울리는 긍정적인 태도를 심어 줍니다.

사자를 구한 생쥐

바람이 살랑거리는 오후였어요.

"드르렁 쿨. 드르렁 쿨쿨."

어디서 천둥이 치는 것처럼 누군가 코를 고네요.

"대낮부터 누가 쿨쿨 자는 거야?"

생쥐가 노오란 들판을 뛰어다니며 중얼거렸어요.

"어, 이상하다. 왜 이렇게 땅이 푹신푹신하지?"

그 순간, 생쥐는 앞으로 쭉 미끄러졌어요.

"뭐야, 감히 잠자는 사자의 코털을 건드리다니!"

"앗, 이건 사자님 목소리인데……?"

생쥐가 정신없이 뛰어다니던 들판이 바로, 사자의 허리였던 거예요.

쭉 미끄러졌다가 멈춘 곳은 사자의 코였고요.

"네 이놈! 내 단잠을 깨우고도 살아남길 원했느냐!"

"헉, 사자님, 모르고 그랬어요. 용서해 주세요."

생쥐가 두 발로 싹싹 빌며 애원했어요.

사자는 커다란 발로 생쥐의 꼬리를 잡아 올렸어요. 생쥐가 사자의 코앞에서 대롱거리며 눈물을 흘렸답니다.

"사자님, 살려 주시면 꼭 보답할게요."

"조그만 생쥐 녀석이 무슨 보답을 하겠느냐? 됐다. 용서해 줄 테니 그만 가 보거라. 난 더 자야겠다."

사자는 길게 하품을 하고는 생쥐를 놓아주었어요.

생쥐는 사자가 보건 말건 고개를 숙여서 인사했어요.

"사자님, 살려 주셔서 감사합니다. 꼭 보답할게요!"

하지만 사자는 이미 잠들어서 생쥐의 인사를 듣지 못했어요.

며칠이 지났어요. 배고픈 사자가 어슬렁거리며 길을 가고 있었답니다.

그런데 갑자기 휙휙 하는 소리가 나더니, 사자 위로 그물이 뚝 떨어지는 거예요.

"헉, 사냥꾼의 그물이다!"

사자가 꼼짝도 못하게 그물이 팽팽하게 조여 왔어요. 발톱을 세워서 그물을

고마워.

끊어 보려고 해도 소용없었지요.

"엉엉, 내가 이렇게 죽다니……. 믿을 수 없어."

사자의 커다란 눈에서 눈물이 뚝뚝 떨어졌어요.

그런데 그때, 생쥐가 나타났어요.

"사자님, 제가 구해 드릴게요. 잠시만 기다리세요."

"새, 생쥐야, 어떻게 알고 여길 온 거야?"

조그만 생쥐가 재빠르게 그물 안으로 기어 들어오더니 사자를

보고 웃었어요.

"저번에 저를 구해 주신 일을 잊지 않았거든요."

생쥐가 조그만 두 발로 그물을 붙잡더니, 앞니로 갉기

시작했어요.

이럴 수가! 사자의 커다란 발톱에도 끄떡 않던 그물이 툭툭

끊어졌답니다.

"오! 그물이 끊어졌어. 난 살았어! 살았다고!"

사자가 그물 밖으로 나오며 "어흥!" 하고 울부짖었어요.

은혜를 갚을게요.

이번에는 사자가 생쥐를 향해 고개를 숙여 인사했답니다.

"생쥐야, 날 구해 줘서 정말 고마워!"

감사하다면 꼭 인사를 전하세요

　사자가 생쥐를 너그럽게 용서해 주자, 생쥐는 감사한 마음을 갖게 되었어요. 그다음에 생쥐는 어떻게 행동했나요? 맞아요, 사자에게 감사하다고 인사를 했어요. 그리고 뒤에 사자가 사냥꾼의 그물에 걸렸을 때 구해 주었지요.

　가장 가까운 곳에서 나를 돌봐 주는 부모님을 비롯해서, 우리는 이 세상을 살면서 많은 사람들에게 도움을 받아요. 그렇다면 오늘부터 아주 작은 일에도 "감사합니다!" 하고 인사를 해 보면 어떨까요? 고마운 마음은 꼭 표현을 해야 하거든요. 그러면 상대방도 보람을 느끼고 서로의 마음도 따뜻해질 거예요.

노예와 사자

별이 총총한 아름나운 밤이있어요.

주인에게 매를 맞은 노예가 눈물을 흘리고 있었답니다.

'잘못도 안 했는데 주인님은 매일 나를 때려……'

노예가 눈물을 닦고 원망이 가득한 눈으로 불이 켜진 주인의 방을 보았어요. 그러다가 드디어 결심한 듯 자리에서 일어섰답니다.

'그래. 멀리 도망치자. 아주 멀리!'

노예는 담을 넘어서 숲 속으로 도망쳤어요. 뒤도 돌아보지 않고 쉼 없이 달렸지요.

숲 속은 캄캄하고 추웠어요. 노예는 잠들 곳을 찾다가 풀숲에 가려져 있던 동굴을 발견했답니다.

동굴 안은 아늑하고 무너진 천장 틈으로 별빛이 쏟아졌어요.

'난 이제 자유야! 여기서 하룻밤을 보내면 되겠어.'

노예는 바닥에 누워서 하늘을 올려다보았어요.

그런데 갑자기 털이 북슬북슬한 커다란 발이 배 위로 턱 올라오는 거예요.

"헉, 무거워. 누구야? 저리 치워!"

노예가 고개를 돌리니, 잔뜩 인상을 쓴 사자가 앉아 있지 않겠어요.

"으악! 사, 사자다! 난 이제 죽었다!"

노예가 도망치려는데, 사자가 슬픈 눈빛으로 어딘가 아픈 듯 끙끙댔어요.

사자의 앞발은 커다란 가시가 박혀서 퉁퉁 부어 있었답니다.

마음씨 착한 노예는 무시무시한 사자라는 것도 잊고 조심스레 가시를 빼 주었어요.

"많이 아팠겠구나. 이제 괜찮아질 거야."

사자는 자신을 치료해 준 노예가 고마웠어요. 그래서 보답으로 노예를 지켜 주기로 결심했답니다.

사자는 노예에게 토끼를 잡아다 주고 과일나무가 있는 곳도 알려 주었어요. 추운 밤에는 노예를 꼭 안아 주었지요.

그렇게 세월이 흐르고, 노예는 다시 세상으로 돌아가고 싶어졌어요.

"사자야, 미안하지만 사람들이 사는 곳으로 돌아가야 할 것 같아."

"어흥……."

사자가 아쉬운 듯 노예의 뒤를 따랐지만 같이 갈 수 없었어요. 세상에는 노예처럼 착한 사람만 있는 게 아니거든요.

노예는 마지막으로 사자의 머리를 쓰다듬어 주고 숲을 빠져나왔어요.

하지만 마을로 돌아온 노예는 옛 주인에게 잡히고 말았어요.

"흥, 너를 사람들이 모두 보는 앞에서 사자 밥으로 만들어 주마!"

노예는 쇠사슬에 묶여서 원형 경기장으로 끌려갔어요.

노예가 울면서 경기장 안으로 들어서자, 사자 우리가 보였어요.

"결국 여기서 죽는구나. 흑흑, 숲을 떠나지 말걸."

우리 문이 "철커덩!" 열리면서 사자들이 나왔어요.

그런데 이게 웬일일까요? 사자 한 마리가 노예에게 어슬렁어슬렁 다가오더니 강아지가 하듯 몸을 비비는 거예요.

그 모습에 사람들과 노예 주인이 놀라서 자리에서 일어났어요. 노예의 품에

안긴 녀석은 바로, 동굴에서 만났던 그 사자였답
니다. 사자는 은혜를 갚기 위해 다른 사자들로부
터 노예를 지켜 주었지요.

감사를 전하는 또 다른 방법은 보답하는 거예요

어버이날에는 그동안 나를 위해 고생하신 부모님의 가슴에 카네이션을 달아
드리고 감사의 편지를 써요. 스승의날에는 선생님께 감사를 전하고요.

평상시에 가까운 친구나 처음 보는 사람에게 도움을 받았다면 어떻게 표현하
는 게 좋을까요? 고맙다는 인사를 하고도 부족한 것 같다면요? 그렇다면 그 마
음을 고이 간직하고 있다가, 상대방이 어려움에 처했을 때 도와주세요. 사자가
원형 경기장에서 노예를 구했듯, 보답할 기회는 언제든지 찾아오거든요.

감사의 마음이 담긴 별자리

목동의 신, 판은 풀피리를 아주 잘 불었어요.

"신들의 잔치에 판을 불러라. 그의 피리 연주가 듣고 싶구나."

전부터 판의 소문을 들었던 신들의 왕 제우스가 판을 초대했어요.

과연 판의 피리 솜씨는 대단했어요. 모든 신들은 흥겹게 춤을 추며 잔치를 즐겼답니다.

그런데 "쿵! 쿵!" 소리와 함께, 무시무시한 뱀을 다리에 휘감은 거인 티폰이 나타났어요.

티폰은 커다란 발로 음식이 차려진 식탁을 걷어차며 난리를 부렸어요.

"염소로 변신해서 도망가야겠다. 잘못하면 티폰의 발에 깔려 죽겠어."

판은 서둘러 염소로 변신하는 주문을 외쳤어요. 그런데 너무 급한 나머지 주문이 틀렸지 뭐예요. 정신을 차려 보니 허리 위로는 염소인데, 아래로는 물고기로 변해 있었어요.

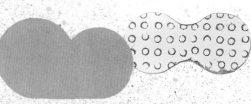

"주문을 빨리 다시 외야겠다!"

그때였어요. 티폰에게 잡힌 제우스가 비명을 질렀어요. 판은 제우스를 구하기 위해 풀피리를 불었답니다. 티폰의 귀가 따갑도록 시끄러운 소리로요.

"으악, 귀가 아프다. 엉터리 연주는 그만둬!"

티폰은 인상을 잔뜩 찌푸리고 집으로 돌아갔어요.

"오, 네가 나를 구해 주었구나. 정말 고맙다."

제우스는 판에게 감사의 인사를 하며, 보답으로 그 모습을 밤하늘의 별자리로 만들어 주었어요.

지금도 초가을이 되면 남쪽 하늘에서 몸의 반은 염소, 반은 물고기의 모습을 한 염소자리를 만날 수 있답니다.

잠결에 엄마가 하시는
말씀을 들었어요.
"고마워."

참 이상하죠?
어버이날, 감사의 마음으로
직접 만든 카네이션을
부모님의 가슴에 달아 드렸어요.

그런데 고맙다고 하시니,
더 감사했어요.

자기 그림자에 우쭐해진 늑대

해가 뉘엿뉘엿 지고 있었어요.

솜사탕 같던 구름이 단풍이 든 것처럼 빨갛게 변하네요.

사람들은 이때를 '개와 늑대의 시간'이라고 불러요. 왜냐하면 빛이 희미해지며 어둑해서 멀리서 다가오는 것이 내가 기르는 개인지, 나를 해치러 오는 늑대인지 알아보기 힘들거든요.

저 멀리, 무엇인가 언덕을 내려오네요. 가까이서 보니 개가 아니라 늑대예요.

늑대는 노을 진 하늘을 올려다보았어요. 그리고 마법에라도 걸린 것처럼, "아우우우!" 하고 울었답니다.

"아 맞다. 여긴 사자님의 땅이지. 조용해야 한다는 걸 깜박했네."

숲의 법칙에 따라 아무리 늑대라도 사자 앞에서는 겸손하게 고개를 숙여야해요. 그래서 사자의 땅에서 울부짖는 일은 상상도 못 했지요.

그때, 빨갛게 물든 풀밭 위로 늑대의 그림자가 보이는 거예요. 그림자는 엄청나게 컸지요. 마치 마법이 이루어진 것처럼요.

“우아, 내 몸이 엄청 커 보여! 그리고…….”

늑대가 입을 딱 벌리자, 크고 날카로운 이빨도 보였어요.

“내가 지금 꿈을 꾸는 건가?”

늑대가 축 처진 어깨를 펴고 꼬리를 바짝 치켜들었어요. 그러자 그림자는 더 크고 무시무시해졌답니다.

“오! 엄청난데? 이 정도면 사자님도 이길 수 있겠다!”

늑대는 커다란 나무도 뿌리째 뽑을 수 있을 것 같았어요.

“흐흐. 사자님을 내쫓고 내가 숲의 왕이 될까?”

겸손한 마음은 어디 가고, 늑대는 자신이 사자보다 크다고 우쭐하기 시작했어요.

그때, “어흥!” 하고 사자가 나타났답니다.

“이놈 늑대야! 건방지게 내 땅에 얼씬거리느냐!”

사자가 달려오는데도 늑대는 그림자를 보며 웃고만 있었어요.

그런데 이게 웬일! 사자가 앞발로 늑대의 뺨을 철썩 때리자, 늑대가 힘없이 휙 날아가는 거예요.

"아이고, 내 뺨이야! 왜 이렇게 쉽게 당했지?"

그러고 보니 어느새 해가 기울어서 주변이 깜깜했어요. 커다란 그림자는 사라져 버렸지요.

"용서해 주세요. 제가 잠깐 정신이 나가서 사자님 앞에서 겸손해야 하는 걸 잊었습니다."

"버르장머리 없는 녀석, 썩 가거라!"

이렇게 그림자만 믿고 까불던 늑대는 "깨갱." 하며 도망쳤답니다.

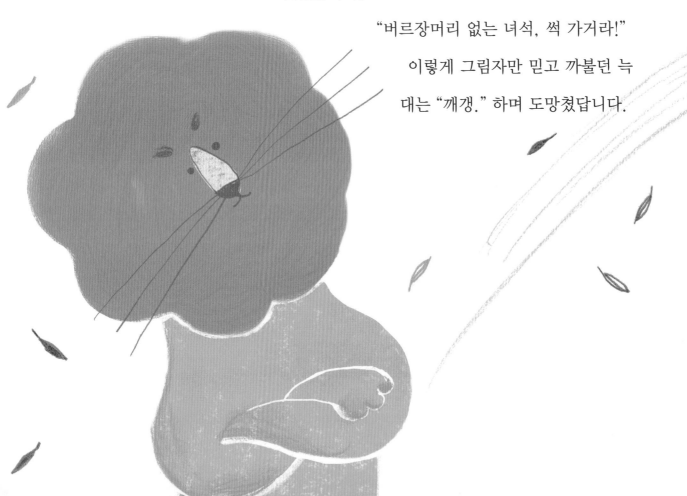

우리는 겸손할 줄 알아야 해요

사자는 숲을 다스리는 왕이고, 늑대는 그보다 한참 낮은 자리에 있어요. 그런데 늑대가 커다란 그림자에 우쭐해져 사자에게 대들었네요. 뭔가 잘못되었죠?

'겸손'은 자신을 내세우지 않고 윗사람은 물론 아랫사람에게도 공손하게 대하는 거예요. 노랗게 익어 가는 벼가 고개를 숙이듯, 우리도 성장할수록 겸손해져야 한답니다.

나는 이만큼 알고 있고 이만큼 좋은 일을 했다고 굳이 자랑하지 마세요. 나에게 훌륭한 점이 있다면, 겸손하게 가만히 있어도 주변 사람들이 먼저 알아보고 인정해 줄 테니까요.

사자 가죽을 쓴 당나귀

성질이 고약한 당나귀가 살았어요. 걸핏하면 병아리를 골리고 고양이 밥을 빼앗아 먹기 일쑤였지요.

어느 날, 당나귀가 혼자 산길을 쏘다니고 있었어요. 그런데 풀밭에 사자가 엎드려 있는 거예요.

"으악, 사자다!"

당나귀는 소스라치게 놀랐어요. 그런데 너무 놀라서 그만 사자를 밟고 말았지 뭐예요.

"흑흑. 감히 사자님을 밟다니 죽을죄를 지었습니다."

그런데 사자는 죽은 듯이 납작 엎드려 있기만 했어요. 가까이서 보니, 사자 가죽이지 않겠어요?

"오호, 이걸 쓰면 사자처럼 보이려나?"

당나귀는 사자 가죽을 쓰고 개울로 갔어요. 수면 위에 무시무시한 사자 한 마리가 보였답니다.

"와, 정말 사자 같잖아? 그럼 숲의 왕 노릇 좀 해 볼까?"

사자 가죽을 쓴 당나귀는 물을 마시러 온 토끼에게 소리쳤어요.

"토끼야! 지금 목구멍으로 물이 넘어가느냐!"

"아이코, 사자님!"

토끼는 너무 놀라 발을 헛디뎌서 개울에 풍덩 빠지고 말았어요. 당나귀는 그 모습을 보고 깔깔댔답니다.

"사자님, 안녕하세요."

아기 사슴이 사자 가죽을 쓴 당나귀인 줄도 모르고 인사를 했어요.

"아기 사슴이 오늘따라 맛있어 보이네?"

아기 사슴은 사자에게 잡아먹히는 줄 알고 얼굴이 파랗게 질려서 도망쳤어요. 당나귀는 그런 아기 사슴을 보고 배꼽이 빠지도록 웃었지요.

그때, 당나귀와 사이가 안 좋은 여우가 나타났답니다. 당나귀는 이번 기회에 여우를 혼내 주기로 했어요.

'사자처럼 크게 울부짖으면 놀라서 도망가겠지?'

보통 사자는 "어흥!" 하고 울잖아요? 그런데 당나귀는 자신도 모르게 그만

“히힝!” 하고 울었어요.

여우는 사자가 “히힝! 히힝!” 하고 우는 것이 이상했어요.

‘이 울음소리는 당나귀 녀석 같은데?’

영리한 여우는 눈앞의 사자가 당나귀라는 걸 눈치챘어요.

“요놈아! 너 당나귀 맞지?”

여우가 사자 가죽을 벗기자 당나귀의 모습이 드러났어요.

“아까 토끼와 아기 사슴도 네가 놀렸지? 겸손할 줄 알아야지,
어디서 사자 흉내야?”

‘이게 무슨 망신이야. 하필 여우에게 들키다니…….’

당나귀는 부끄러워서 쥐구멍에라도 들어가고 싶었답니다. 그래서 집으로 돌아가 한동안 나오지 않았대요.

사자 가죽을 쓴다고 당나귀가 사자가 되나요?

당나귀가 사자인 척하며, 자기보다 약한 토끼와 아기 사슴을 괴롭혔네요. 그러다가 뒤늦게 그것이 부끄러운 행동임을 깨달았어요.

여러분 주변에 어린 동생이 있다면 어떻게 대해야 좋을까요? 도움이 필요한지 살피고 보호해 주는 게 맞겠죠?

'왼손이 한 일을 오른손이 모르게 하라.'라는 말이 있어요. 한몸에 붙은 손인데 어떻게 모르게 하느냐고요? 이 말은 상대방이 모르게 도움을 주라는 의미예요. 상대방이 알면 부끄러워하거나 부담스러워할지도 모르거든요. 이것 또한 겸손이에요. 강한 자는 항상 약한 자를 보호해 주어야 해요. 약한 자가 모르게 겸손한 방법으로 말이죠.

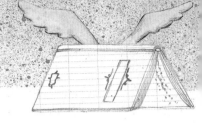

선비를 깨우치게 한 맹사성의 겸손

세종 대왕이 조선을 다스리던 시절, '맹사성'이라는 훌륭한 재상이 살았어요. 맹사성은 겸손하고 청렴결백하기로 유명했지요. 평소에도 말이 아닌 소를 타고 다닐 정도였어요.

하루는 맹사성이 고향에 들렀다가 다시 한양으로 올라가던 길이었어요. 갑자기 비가 내려서 서둘러 정자로 피했답니다. 정자에 먼저 자리를 잡고 있던 젊은 선비는 맹사성을 보고 이렇게 생각했어요.

'낡은 차림새를 보아 하니, 시골에 사는 노인이구나.'

두 사람은 비도 오고 심심해서 말끝에 '공(公)', '당(堂)'을 넣어 말해 보기로 했답니다. 맹사성이 먼저 선비에게 물었어요.

"무엇을 하러 한양에 가는공?"

"벼슬 구하러 간당."

"내가 벼슬 시켜 줄공?"

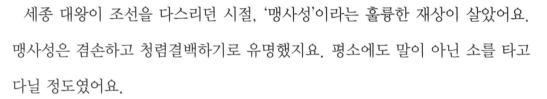
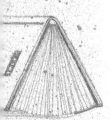
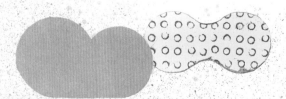

"웃기지 말란당."

맹사성은 선비가 자신을 우습게 여기는 줄 알면서도 겸손한 미소만 지었지요.

얼마 뒤, 맹사성은 과거에 합격한 새 관리들을 만나게 되었어요. 그들 가운데는 정자에서 만난 선비도 있었지요. 모두 하늘같이 높은 맹사성의 얼굴을 차마 볼 수 없어서 고개를 숙이고 있었답니다. 맹사성이 선비에게 물었어요.

"과거는 잘 보았는공?"

놀라 고개를 든 선비는 자신이 우습게 여겼던 노인이 대재상이라는 것을 알게 되었어요. 그리고 기어 들어가는 목소리로, "죽을죄를 지었당." 하고 말했지요. 맹사성은 껄껄 웃으며 지난 잘못을 용서해 주었다고 해요.

겸손하게 허리를 굽히면
키가 작아 보이지?

대신 마음의 키는 쑥쑥,

누구보다 큰사람이 되는 거야.

빼앗긴 고기

　배고픈 개 한 마리가 터덜터덜 길을 가고 있었어요.

　"킁킁, 어디서 맛있는 냄새가 나는데?"

　코가 벌름거리더니 발걸음이 점점 빨라졌지요.

　아니나 다를까, 저 멀리 커다란 고기가 떨어져 있네요. 방금 누가 실수로 떨어뜨린 것인지, 빨갛고 먹음직스러워 보이는 고기예요.

　개가 신이 나서 고기를 콱 물려고 하는데 다른 개가 나타났어요.

　"야, 이거 놔! 이건 내 고기야!"

　"웃기네. 내가 먼저 물었거든? 내 거라고!"

　개 두 마리가 고기를 물고 으르렁댔어요.

　얼마나 시끄럽게 싸우는지, 지나가던 여우가 물었답니다.

　"무슨 일인데, 이렇게 야단이니?"

　개들이 경계의 눈으로 여우를 쳐다보았어요.

　"내가 먼저 고기를 발견했는데 갑자기 이 녀석이 끼어들지 뭐야!"

"내가 먼저 냄새를 맡았어! 멀리서 오느라 조금 늦었을 뿐이야!"

개들이 다시 으르렁댔지요.

여우가 무언가 곰곰이 생각하더니 말했어요.

"호호, 나에게 아주 좋은 생각이 있는데, 들어 볼래?"

여우는 양팔 저울을 꺼내서 보여 주었어요.

"이 저울로 고기를 반으로 뚝딱 나눠 가지면 어때?"

개들이 고민하기 시작했어요.

'이 먹음직스러운 고기를 꼭 나눠 먹어야 하나?'

'흥, 아깝지만 저 고집불통이 한밤중까지 고기를 물고 있을 게 분명해.'

개들은 하는 수 없이 고개를 끄덕였어요.

여우가 고기를 반으로 잘라서

저울에 올렸답니다.

  개들은 눈에 불을 켜고 지켜보았어요. 저울이 왼쪽으로 기우뚱하자, 개들과 여우의 고개도 왼쪽으로 기우뚱했어요.

"흠, 무거운 쪽을 조금 잘라 낼게."

  여우가 왼쪽 고기를 한 입 베어 물었어요. 그 모습을 보는 개들의 입에서 군침이 뚝뚝 떨어졌어요.

  고기를 다시 저울에 올리자, 이번엔 오른쪽으로 기우뚱하는 거예요.

  "이번엔 이쪽 고기를 조금 잘라 낼게."

  "빨리 좀 해. 우리 엄청 배고프다고!"

"그러게. 아무래도 저울이 좀 이상한 것 같아."

  저울은 자꾸 이쪽저쪽으로 기우뚱했어요. 여우는 계속 고기를 맛있게 먹었지요. 결국 고기가 점점 작아지더니 하나도 남지 않았어요.

  "하하, 이를 어쩌지? 내가 다 먹어 버렸네? 그럼, 안녕!"

  여우가 깔깔 웃으며 도망갔어요.

  그제야 개들은 여우에게 속은 것을 알았어요.

'흑흑, 처음부터 고기를 공평하게 나눠 먹을걸.'

'괜히 욕심부려서 여우에게만 좋은 일했네.'

후회해도 이미 늦은 일이었답니다.

개들은 왜 고기를 빼앗겼을까요?

두 마리 개가 고기 한 덩어리를 놓고 싸웠어요. 처음부터 고기를 공평하게 나눠 먹었다면 어땠을까요? 여우에게 고기를 빼앗기는 일은 없었겠죠?

'공평'은 상대방과 물건을 똑같이 나누는 것을 말해요. 또 한쪽으로 기울거나 치우치지 않고 고르다는 의미도 가지고 있지요.

예를 들면, 조그만 초콜릿 하나라도 친구와 반으로 나눠 먹는 것이 공평해요. 그런데 나는 배가 부르고 친구의 배에선 꼬르륵 소리가 날 때는 어떻게 하는 것이 좋을까요? 맞아요, 배고픈 친구에게 초콜릿을 양보하는 것이 옳아요. 그러면 나도 친구도 배가 고프지 않으니까 공평하지요?

흑인에게 공평한 세상을 돌려준 링컨 대통령

약 200년 전만 해도 미국에는 노예 제도가 있었어요. 백인이 흑인을 하인으로 부리며 학대했지요. 흑인 노예는 힘든 노동을 버티며 동물보다 못한 삶을 살았답니다.

특히 남부에 사는 흑인 노예의 생활은 더 비참했어요. 남부 사람들은 아주 넓은 목화 농장을 꾸려 흑인 노예를 일꾼으로 썼거든요.

뙤약볕 아래에서 흑인 노예가 하얀 목화를 따는 동안, 백인 주인은 그늘에서 무도회를 열고 사냥을 나갔답니다.

1860년, 북부 출신의 링컨이 미국의 대통령으로 당선이 되었어요. 링컨은 노예 제도를 없애고, 흑인을 백인과 똑같은 국민으로 인정하자고 주장했지요.

하지만 남부의 농장 주인들이 링컨의 뜻을 따를 리가 없었겠죠? 흑인 노예가 없으면 그 많은 농장 일을 누가 할 것이며, 또 시중은 누가 들겠어요?

결국 남부와 북부는 노예 제도를 그대로 두느냐, 없애느냐를 놓고 전쟁을 시

작했어요. 이를 '남북 전쟁'이라고 해요.

1861년부터 1865년에 걸쳐 벌어진 남북 전쟁은 링컨을 지지하는 북부의 승리로 돌아갔어요.

그리하여 링컨 대통령은 흑인에게 백인과 똑같은 공평한 세상을 돌려주었답니다.

에필로그

배고픈 동물 친구들을 위해
공평하게 담았어요.

뭔가 이상하지요?
그래서 다시 공평하게 담았어요.

어때요?
이제 공평하지요?

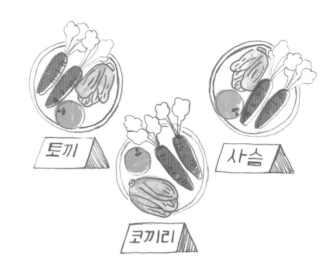

토끼

사슴

코끼리

토끼와 거북이

거북이가 엉금엉금 기어가고 있었어요. 그런데 뒤에서 토끼의 웃음소리가 들리는 거예요.

"하하하, 차라리 굴러가는 게 낫겠다. 엄청 느리네!"

"뭐? 지금 나를 놀리는 거야?"

거북이가 얼굴이 빨개져서 토끼를 쳐다보았지요.

토끼가 거북이 앞을 깡충깡충 뛰어다니며 깔깔 웃었어요.

"세상의 모든 동물 중에서 네가 가장 느릴걸?"

거북이는 속상해서 등껍질 안으로 들어가 울고 싶었어요. 간죽거리는 토끼의 코를 납작하게 눌러 주고 싶기도 했지요.

"토끼야, 나랑 달리기 경주를 해 보자!"

"하하! 지금까지 내가 들어 본 말 중에 제일 웃긴데?"

거북이는 주름진 목을 쭉 펴고 토끼를 무섭게 노려봤어요. 화가 정말로 많이 났거든요.

"누가 더 빠른지 경주를 해 보아야 알지."

그제야 토끼는 농담이 아니라는 걸 알았어요.

"좋아. 산책하는 겸 이 형님이 놀아 주지. 하하하."

이렇게 토끼와 거북이의 달리기 경주가 시작되었답니다.

한낮의 태양이 이글이글 타오르는 더운 날씨였어요. 둘은 나란히 서서 발 앞에 금을 그었지요.

"저기 언덕 너머 떡갈나무에 먼저 도착하면 이기는 거야."

"좋아. 번개처럼 달려가 주지!"

토끼가 어깨를 으쓱하며 거북이를 비웃었어요. 거북이는 씩씩거리며 콧구멍에서 뜨거운 숨을 내뿜었지요.

"준비 시작 하면 출발하는 거야."

"좋아. 준비 시작!"

드디어 토끼와 거북이의 달리기 경주가 시작됐어요.

거북이는 차근차근 네발로 기어갔어요. "하나 둘! 하나 둘!" 하고 구호를 외치며 말이죠.

토끼는 깡충깡충 뛰어 달려 나갔어요. 어느새 거북이는 뒤로 쳐지고 말았답니다.

"하하, 당연히 내가 이길 거야. 나중에 거북이를 실컷 놀려 줘야지."

토끼는 낑낑거리며 따라오는 거북이를 보며 웃었어요.

"최선을 다해서 노력하면 이길 수 있어!"

하지만 거북이는 앞지르는 토끼를 신경 쓰지 않았어요.

시간이 얼마나 흘렀을까요? 거북이가 언덕을 올려다보니 토끼가 있었어요. 토끼는 저 아래에 있는 거북이에게 손을 흔들더니 벌렁 눕지 뭐예요.

"거북이가 여기까지 오려면 한밤중은 되어야겠네."

토끼는 팔베개를 하고선 두 눈을 감았어요.

"한잠 푹 자고 가 볼까? 그래도 내가 이길 거야."

그렇게 토끼는 잠들었답니다.

한편, 거북이는 포기하지 않고 계속 노력했어요. 뜨거운 햇볕에 땀이 비 오듯 흐르고 등껍질이 달아올랐지만 신경 쓰지 않았어요.

"난 꼭 이기고 말 거야. 노력하면 돼!"

어느덧 날이 저물기 시작했어요. 토끼가 슬며시 눈을 떴지요.

"한숨 잘 잤다. 이제 다시 달려 볼까?"

토끼가 일어나서 언덕 아래를 보니 거북이가 없었어요.

"어디로 간 거지? 울면서 집에 간 거 아니야?"

이번에는 몸을 돌려 떡갈나무를 보았어요. 마음만 먹으면 금방 닿을 거리였지요.

"헉, 이럴 수가!"

토끼가 놀라 두 눈을 비볐어요. 떡갈나무 옆에서 거북이가 손을 흔들고 있었거든요.

"토끼야, 내가 이겼다! 꾸준히 노력하면 이길 수 있다고!"

거북이는 끝까지 노력해 토끼의 코를 납작하게 눌러 주었답니다.

쉿! 거북이가 이길 수 있었던 비밀을 알려 줄게요

　토끼는 매우 빠르고 거북이는 매우 느려요. 그런데 어떻게 거북이가 토끼를 이길 수 있었을까요? 반칙을 한 게 아니라면, 운이 엄청 좋았던 걸까요? 비밀은 거북이의 노력 덕분이었어요.

　어떤 친구는 그림을 잘 그리고 어떤 친구는 노래를 잘 불러요. 달리기를 잘하거나 계산을 잘하기도 하고요. 사람은 누구나 잘하는 것을 하나씩 가지고 태어나거든요. 그렇다고 그 친구들과 겨루면 무조건 질까요? 아니에요. 아무리 뛰어난 재능을 가지고 태어나도 꾸준히 노력하는 친구를 이길 수는 없어요. 이것이 노력이 가진 힘, 바로 거북이가 승리한 비밀이랍니다.

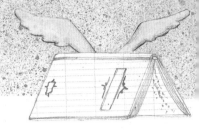

4년의 노력으로 〈천지창조〉를 완성한 미켈란젤로

1508년, 교황 율리우스 2세가 이탈리아의 미술가 미켈란젤로를 불렀어요.

"미켈란젤로, 시스티나 성당 예배당 천장에 벽화를 그려 주게."

"벽화를요? 저는 조각가이지 화가가 아닙니다."

사실 미켈란젤로는 스스로를 화가이기보단 조각가라고 생각했거든요. 하지만 그는 교황의 명을 거절할 수 없었어요. 또 시스티나 성당과 같은 성스러운 장소에 벽화를 그리는 것은 크나큰 영광이었답니다.

예배당에 들어온 미켈란젤로가 크게 한숨을 내쉬었어요.

"휴, 천장이 너무 넓어서 운동장만 하구나."

미켈란젤로는 높은 천장에 그림을 그릴 수 있도록, '비계'라는 작업용 디딤대부터 만들었어요. 그리고 하느님이 처음 세상을 만드실 때의 장면을 그리기 시작했답니다.

벽화는 프레스코 기법으로 그렸어요. 벽에 석회를 바르고 이것이 마르기 전에

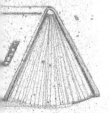

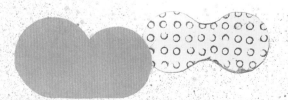

서둘러 그림을 그려야 했지요. 실수를 하면 석회를 떼 내고 다시 그려야 해서 정확하고 빠른 붓질이 필요했답니다.

　미켈란젤로는 비계 위에서 등을 활처럼 뒤로 젖혀 그림을 그리느라 척추가 휘고, 관절염이 생겼어요. 천장에서 떨어지는 물감으로 인해 눈병과 피부병도 생겼지요. 하루 종일 빵 하나에 물 한 병으로 때우는 경우도 많았어요. 이렇게 미켈란젤로의 피나는 노력으로 〈천지창조〉가 완성되었답니다. 무려 4년만에요.

　〈천지창조〉를 본 교황 율리우스 2세는 미켈란젤로에게 '최고의 예술가'라는 칭찬을 아끼지 않았어요. 지금도 미켈란젤로의 〈천지창조〉를 보기 위해 세계의 많은 사람들이 시스티나 성당으로 모여든답니다.

'작심삼일'이란 말이 있어.
결심한 것이 삼 일을 못 간다는 말이야.
새해마다 계획을 세웠지만
작심삼일만 삼 년.

해마다 계획을 세우지 말고 삼 일마다 세워 노력하면?
작심삼일 삼 년으로 원하는 것을 이룰 수 있을 거야.

작심삼일

게임줄이기

통닭끊기

운동하기

3
3
3
3
3

여우와 포도

평화로운 숲에 울상을 한 여우가 나타났어요.

무슨 일인지 다가가 볼까요? 여우의 배 속에서 전쟁이라도 난 듯 꼬르륵 소리가 난리도 아니네요.

"흑흑, 배고파. 이러다가 뼈다귀만 남겠어."

여우는 며칠째 아무것도 먹지 못했어요. 꼬리를 축 늘어뜨린 채 먹을 것을 찾아 두리번댔어요.

"킁킁, 달콤한 냄새가 나는데? 저쪽이야!"

여우가 냄새를 쫓아 뛰기 시작했어요.

저 멀리, 여우가 그렇게 찾던 달콤한 냄새의 주인공이 나타났답니다. 달콤하게 익어 가는 포도가 주렁주렁 매달려 있었어요.

"며칠 내내 발이 부르트도록 돌아다닌 보람이 있네!"

여우는 좋아서 팔짝팔짝 뛰었어요. 군침을 질질 흘리며 포도 넝쿨로 다가갔지요.

여우가 보랏빛으로 익은 포도 알을 향해 앞발을 뻗었어요.

"어라? 포도가 너무 높이 열렸네!"

포도 넝쿨에 발이 닿지 않았지요. 여우는 고개를 갸웃거리며 고민하기 시작했어요.

폴짝! 여우가 포도 넝쿨을 향해 뛰어올랐어요. 재빨리 앞발을 이리저리 휘둘러 보았지요.

"뭐야, 에잇!"

그만 실패했지 뭐예요. 여우는 바닥에 엎드려 헉헉거렸어요.

"애고, 뛰니까 힘이 더 빠지네."

이번에는 물러섰다가 포도 넝쿨을 향해 힘껏 뛰어올랐어요. 하지만 포도 대신 푸른 잎사귀 몇 개만 떨어졌답니다.

여우는 포도를 노려보다가 화를 냈어요.

"흥, 저 포도는 분명 덜 익어서 시큼할 거야. 퉤!"

여우는 휙 돌아서더니 다시 먹을 것을 찾아 걸었어요. 배 속은 꼬르륵 소리로 요란했지요.

그때, 포도 넝쿨 속에 숨어 있던 새 한 마리가 고개를 쏙 내밀고 이렇게 말했어요.

"몇 번 더 도전해 보지. 이 달콤한 포도를 두고 가 버리네."

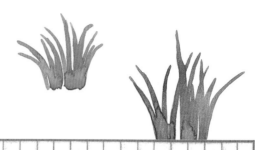

여우에게 부족한 것은 바로 도전하는 마음!

체육 시간에 높은 뜀틀을 넘어야 한다면, 여러분은 무슨 생각을 할 것 같아요? "좋아. 저 정도는 내가 훌쩍 넘어 주지!" 하고 눈을 반짝일 건가요? 아니면 "너무 높아. 괜히 넘어지기라도 하면 아이들이 비웃을걸?" 하고 풀이 죽을 건가요? 멋지게 "도전!" 하고 외치며 뜀틀을 향해 달려가 보세요. 만약 넘어진다고 해도 다시 씩씩하게 도전해서 성공한다면 친구들에게 엄청난 박수를 받을걸요?

여우는 포도를 따려고 몇 번 뛰어 보다가 금방 포기하고 말아요. 그리고 자기 편한 대로 포도가 맛없을 거라고 생각해 버리지요. 비겁한 모습이에요. '도전'은 용기를 내서 하기 힘든 어려운 일을 해 보는 거예요. 그렇기 때문에 성공할 수도 있지만, 실패할 경우가 더 많지요. 실패하더라도 비겁하게 다른 탓을 하지 마세요. 무엇이 부족했는지 생각해 보고 다시 도전하는 모습이 더 멋져요.

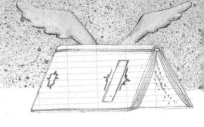

하늘을 나는 데 도전한 라이트 형제

월버와 오빌 라이트 형제는 어릴 적부터 기계를 가지고 노는 것을 좋아했어요. 특히 '박쥐'라고 별명을 붙인, 고무줄을 당겨서 하늘로 쏘아 올리는 장난감을 좋아했지요. 형제는 하늘을 나는 '박쥐'를 보고 있으면 시간 가는 줄 몰랐답니다.

"월버 형, 사람이 하늘을 날 수 있을까?"

"글쎄, 미래에 누군가가 '박쥐'처럼 하늘을 나는 기계를 만들어 내겠지?"

"우리가 만들어 보는 건 어때? 난 자신 있어!"

그날부터 형제의 도전이 시작되었어요. 연도 날리고, 날아다니는 새의 모습도 관찰했지요. 그리고 책을 아주 많이 읽었답니다.

어른이 된 형제는 자전거 수리점을 열었어요. 형제는 손재주가 뛰어나서 자전거 수리로 많은 돈을 벌 수 있었지요. 이렇게 번 돈으로 꿈에 그리던 비행기 만들기에 도전했답니다.

1903년 12월, 플라이어 호가 완성되었어요. 형제는 누가 시험 비행에 나설지를 동전 던지기로 정했어요. 결과는 윌버였지요. 윌버가 플라이어 호에 올라 시동을 걸었어요. 하지만 하늘로 떠 보지도 못하고 고장이 났어요. 형제는 포기하지 않고 바로 두 번째 비행을 준비했답니다.

3일 뒤, 오빌이 플라이어 호에 올라탔어요. 땅 위를 달리던 플라이어 호가 드디어 하늘 위로 떠올랐지요. 비록 12초밖에 날지 못했지만 성공이었어요.

그 후, 라이트 형제는 플라이어 3호를 완성해 38분 동안 38킬로미터를 날았답니다. 오랜 도전이 드디어 빛을 발하는 순간이었지요.

에필로그

벼랑 끝이라고 생각해?

아니……,

나는 도전이라고 생각해!

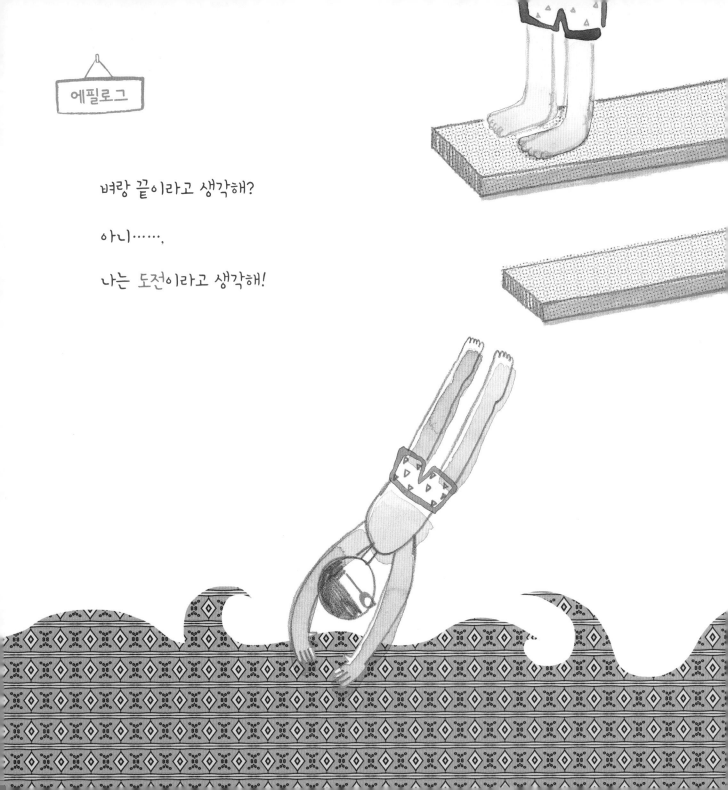

황금 알을 낳는 거위

옛날, 황금 알을 낳는 거위가 있었어요.

보통 거위랑 똑같이 생겼지만 하루에 하나씩 황금 알을 낳아 신기했지요.
황금 똥까지 쌌다면 더 놀라웠을 텐데, 그건 아니었대요.

"아이 예뻐라. 또 황금 알을 낳았구나!"

주인은 따끈따끈한 황금 알에 입을 맞추며 좋아했어요. 그리고 거위를 품에
안고 마을 사람들에게 자랑했어요.

"우리 거위는 매일 황금 알을 낳는다네."

마을 사람들이 부러운 눈빛으로 쳐다보았어요.

"무슨 복이 있어서 저런 거위를 얻었지?"

"휴, 우리 집 거위는 황금 알은 커녕 알도 못
낳는데……."

사람들이 힘이 좋은 황소나 부드러운 비단을 가져와
거위와 바꾸자고 해도 주인은 고개를 절레절레 저었어요.

"황금을 준대도 바꿀 수 없지. 아! 거위가 황금 알을 낳아 주니 황금은 이미 많군. 하하!"

주인은 소중한 보물처럼 거위를 꼭 껴안았어요.

'앞으로도 이렇게 하루에 하나씩 황금 알을 낳아 주렴.'

그렇게 몇 년이 흘렀어요. 주인은 황금 알을 팔아서 부자가 되었답니다. 하얀 대리석으로 된 으리으리한 저택을 짓고, 예쁜 아내를 맞아 결혼도 했어요. 이 모든 것이 황금 알을 낳는 거위 덕분이었지요.

그런데 주인은 예전처럼 거위에게 만족하지 않았어요. 거위는 언제나 그렇듯 하루도 거르지 않고 꼬박꼬박 황금 알을 낳았지요. 하지만 그게 문제였어요.

"왜 하루에 하나만 낳지? 더 많이 낳으면 좋을 텐데!"

커다란 저택에 살려면 돈이 많이 들었거든요. 그리고 아내에게 좋은 옷도 사 줘야 했고요. 그래서 주인은 더 많은 황금 알이 필요했어요.

주인이 거위의 배를 쓰다듬으며 중얼거렸어요.

"혹시 배 속에 황금 알이 잔뜩 들어 있지 않을까?"

아무것도 모르는 거위는 눈만 끔뻑였지요.

"그래, 배가 이렇게 통통한 걸 보면 황금 알이 가득 든 거야!"

주인은 부엌에 가서 칼을 가져왔어요. 칼을 본 거위는 날개를 푸드덕거리며

도망쳤답니다. 하지만 얼마 못 가서 주인에게 잡히고 말았어요.

"거위야, 나에게 더 많은 황금 알을 다오."

주인은 번쩍거리는 황금 알들을 기대하며 거위의 배를 갈랐어요.

그런데 배 속에 아무것도 없지 뭐예요.

보통 거위와 다를 게 없었지요.

"말도 안 돼! 아무것도 없잖아!"

그 순간, 주인의 품 안에서 거위가 죽고 말았어요.

"다 내 욕심 때문이야. 지금에 만족했어야 했어……."

주인이 거위를 안고 엉엉 울었지만 이미 늦었답니다.

지금에 만족하고 행복하나요?

'만족'은 현재를 흡족하게 여기며 욕심부리지 않는 거예요. 어른들이 "내가 어
렸을 때엔 수북한 밥 한 공기만 있어도 행복했어."라고 말할 때가 있어요. 예전
에는 쌀이 귀해서 굶는 사람이 많았거든요. 어른이 되어서도 그때의 어려움을
생각하며 지금이 얼마나 행복한지 떠올리는 거지요. 만약 거위의 주인이 황금
알 하나에 만족했다면 어땠을까요? 으리으리한 저택에서 아내와 함께 사는 행
복한 사람으로 남았겠죠?

욕심쟁이 개

　여기, 언덕을 쏜살같이 뛰어 내려가는 개 한 마리가 있어요. 발에 날개라도 단 것처럼 잔뜩 신이 났네요. 무슨 일일까요?

　바로 길을 가다가 먹음직스러운 고깃덩어리를 주웠거든요.

　"헤헤, 오늘은 참 운이 좋아!"

　개는 기분이 좋아 꼬리를 살랑살랑 흔들었어요.

　"얼른 집에 가서 나 혼자 고기를 먹어야지. 뛰어가자!"

　지금 기분으로는 하늘까지 갈 수 있을 것 같았어요.

　저 멀리 구불구불 흐르는 시퍼런 강물이 보였어요. 어젯밤에 비가 아주 많이 왔어요. 그래서 강물이 불어났지요.

　하지만 튼튼한 다리가 놓여 있어서 아무 걱정 없었어요.

　"다리만 건너면 집이야."

　개는 콧노래를 부르며 다리를 건넜어요. 그런데 다리 아래를 내려다보니 다른 개가 보이는 거예요.

"저 녀석은 뭐야? 왜 날 뚫어져라 쳐다보고 있지?"

개는 어리석게도 다리 아래의 개가 물에 비친 자신이란 것을 몰랐지요.

"뭐야, 나보다 더 큰 고기를 물고 있잖아!"

개는 고깃덩어리를 빼앗을 방법을 생각하기 시작했어요.

다리 아래 있는 개는 바보 같아 보였어요. 고개를 끄덕이면 따라 끄덕이고, 꼬리를 흔들면 따라 흔들었지요.

'날 무서워하나 봐. 겁을 주면 고기를 버리고 도망가겠지?'

개는 입을 크게 벌리고 짖기 시작했어요.

"멍멍! 멍멍!"

그 순간 개가 물고 있던 고깃덩어리가,

"첨벙."

하고 강물에 빠졌답니다.

깜짝 놀란 개가 다리 아래를 내려다보았어요. 다리 아래 있던 개가 물고 있던 고깃덩어리도 사라지고 없었지요. 그제야 개는 자신의 모습이 물에 비쳤다는 것을 알았어요.

'흑흑, 나는 그것도 모르고……. 그냥 고기 하나에 만족할걸.'

개는 꼬리를 축 늘어뜨리고 슬픈 얼굴로 돌아갔답니다.

만족할 줄 모르면 욕심쟁이가 돼요

만약 개가 아무것도 안 하고 쫄쫄 굶고 있다면 어떨까요? "나가기 귀찮아. 조금만 더 굶지 뭐." 어쩐지 게을러 보이지요? 그런데 우연히 고깃덩어리를 발견하는 행운을 얻었다면요? 당연히 감사하는 마음으로 만족해야겠죠? 하지만 이야기 속 개는 물에 비친 자신의 모습을 보고 욕심을 냈어요. 만족하면 딱 좋았을 텐데, 욕심을 부려서 고깃덩어리를 물에 빠뜨린 거예요. 이렇게 게을러서도 안 되지만 또 지나치게 욕심을 부려서도 안 돼요. 지금 내가 가진 것에 만족하고 행복할 줄 알아야 하지요. 더 많은 것을 원해 불만을 가지고 욕심을 부린다면 스스로 불행해질 테니까요.

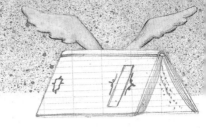

만족을 몰랐던 미다스 왕

"제 손에 닿는 모든 것이 황금으로 변했으면 좋겠습니다."

소아시아의 왕 미다스가 술의 신 디오니소스에게 말했어요. 미다스에게 신세를 진 디오니소스가 소원을 들어주기로 했거든요.

"백성들이 너에게 황금을 바치지 않느냐?"

"그래도 저는 더 많은 황금을 원합니다."

고민하던 디오니소스는 미다스의 뜻대로 해 주었어요.

"오, 이제 무엇이든 황금으로 만들 수 있구나!"

미다스가 참나무 가지를 꺾자 황금 가지가 되었어요. 길가의 돌을 주우니 황금이 되었고요, 정원에서 사과를 따자 황금 사과가 되었답니다. 미다스는 무척 기뻐하며 궁전으로 돌아왔어요.

하인들이 식탁에 음식을 차리자, 배고픈 미다스는 서둘러 빵을 집었어요. 그런데 부드럽고 따뜻한 빵이 순식간에 황금으로 변해 버렸답니다. 포도주를 한

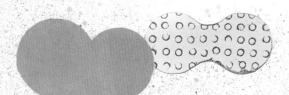

모금 마시려고 해도 황금으로 굳어서 먹을 수 없었지요.

결국 먹지도 마시지도 못하게 된 미다스 왕은 앓아눕고 말았어요. 그 소식을 듣고 공주가 문병을 왔지요. 그런데 아뿔싸! 미다스 왕은 자신의 처지를 잊고 공주를 끌어안고 말았어요. 공주는 순식간에 황금으로 변했답니다.

"이것은 행운이 아니라 저주다. 만족할 줄 모르고 욕심을 부린 내 죄다."

미다스 왕은 다시 디오니소스를 찾아가 소원을 거둬 달라고 빌었어요.

"팍톨로스 강에 몸을 담그고 죄를 씻거라."

미다스 왕은 강물에 몸을 씻어서 황금 만드는 능력을 없앴답니다.

운동화를 신을까? 장화를 신을까?

운동화를 신자.

어? 비가 내리네.

운동화 신길 잘했어.

빨리 뛰어서 비를 피할 수 있으니까!

만족이란, 내 선택을 최고로 만드는 마음가짐.

거짓말쟁이 양치기 소년

마을 밖 들판에서 양을 돌보는 양치기 소년이 있었어요. 양은 마음껏 뜯어먹을 수 있는 풀이 있어 행복했지만, 소년은 같이 이야기하고 놀 친구가 없어서 심심했지요.

"양은 말도 안 통하고……. 심심하고 따분해!"

소년은 들판을 굴러다니며 몸부림쳤어요. 늑대가 올지도 모르니 항상 양을 살피라는 주인아저씨의 말도 잊고 말이죠.

"맞아. 늑대가 올지도 몰라."

뒤늦게 소년이 벌떡 일어나서 주변을 살폈어요. 다행히 초록 들판 위에서 꾸벅꾸벅 조는 양만 보였답니다. 다시 자리에 앉은 소년은 무언가 떠오른 듯 빙그레 웃었어요.

"오, 재미있는 생각이 났어!"

소년은 낄낄대더니, 마을 쪽을 향해 큰 소리로 외쳤어요.

"늑대가 나타났어요! 도와주세요!"

잠시 후, 주인아저씨가 헐레벌떡 달려왔어요.

"늑대는 어디에 있느냐? 내가 이 총으로 다 쏴 버리마!"

"사실은 너무 심심해서 거짓말한 거예요. 헤헤."

"뭐? 거짓말을 했다고?"

소년은 주인아저씨의 표정을 보고 재미있다는 듯 더 크게 웃었어요.

"한 번만 더 거짓말을 하면 가만두지 않겠다!"

주인아저씨는 화를 내며 마을로 돌아갔답니다.

며칠이 흐르고, 소년은 다시 양을 데리고 들판으로 나왔어요.

"너무 심심해! 또 늑대가 왔다고 장난칠까?"

결국 소년은 참지 못하고 마을을 향해 외쳤어요.

"늑대가 나타났어요! 시꺼멓고 아주 큰 늑대예요!"

주인아저씨가 총을 들고 헉헉대며 뛰어왔어요.

소년은 새빨갛게 달아오른 아저씨의 얼굴을 보며 깔깔대며 웃었답니다.

"네 이놈! 또 거짓말을 했구나!"

결국, 소년은 주인아저씨에게 단단히 혼이 났어요.

다음 날이었어요. 소년이 휘파람을 불며 양을 데리고 들판으로
왔어요.

"헉, 저 시꺼먼 것이 뭐지? 느, 늑대잖아?"

소년은 양에게 달려드는 늑대를 보고 놀라서 넘어졌어요.

"늑대가 양을 잡아먹어요! 제발 와 주세요! 빨리요!"

제발 와 주세요!

양치기 소년의
말은 믿을 수가
없어.

하지만 소년이 아무리 큰 소리로 외쳐도 누구도 오지 않았어요. 모두 소년을 거짓말쟁이라고 생각했거든요. 결국 소년은 양을 몽땅 잃고 말았답니다.

믿음은 깨지긴 쉬워도 다시 쌓긴 어려워요

혹시 부모님께 혼이 날까 봐 자신도 모르게 거짓말을 한 적이 있나요? 누구나 실수를 할 수 있어요. 하지만 거짓말을 자꾸 하면 양치기 소년의 경우처럼 아무도 내 말을 믿어 주지 않을 거예요.

믿음은 예쁜 도자기 그릇 같아요. 흙으로 빚고 불로 구워 색칠을 하며 많은 정성을 들여야 해요. 그런데 도자기가 산산조각이 나면 하나하나 다시 맞추기 어렵지요? 믿음은 사람 사이에서 가장 중요한 가치예요. 만약 내가 친구를 믿지 못하면, 그 친구도 나를 믿지 못할 거예요. 그러면 친구 사이가 계속되기 어렵겠죠? 믿음 없인 어떤 관계도 있을 수 없답니다.

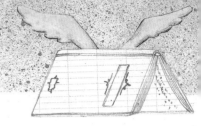

고국천왕의 믿음을 받은 을파소

고구려의 고국천왕은 믿을 만한 신하가 필요했어요. 간신들이 자신의 잇속만 챙기느라, 백성이 굶든 말든 신경 쓰지 않았거든요.

"귀족이 아니라도 상관없다. 백성을 사랑하는 인재를 데려오라!"

이에 신하들이 안류를 추천했어요.

하지만 안류는 국상(고구려 시대의 으뜸 벼슬아치, 지금의 국무총리) 자리에 앉길 사양했어요.

"전하, 저보다 '을파소'라는 인물이 훨씬 뛰어납니다. 그를 데려오십시오."

그리하여 고국천왕은 농사를 짓고 있던 을파소를 국상에 임명했어요. 신하들의 반대는 엄청났어요.

"농사꾼을 국상으로 삼을 수 없습니다!"

"전하, 그 명을 부디 거두어 주십시오!"

하지만 고국천왕은 을파소가 농사일을 하면서도 때를 기다리며 열심히 공부한 것을 알 수 있었어요. 그래서 그를 믿었지요.

"모두 을파소의 명을 따르라! 그렇지 않으면 나를 거역하는 것이다!"

고국천왕의 깊은 믿음 덕분에 을파소는 백성을 위한 정책을 마음껏 펼쳤어요. 먼저 배고픈 백성에게 곡식을 빌려주었다가 추수 때 돌려받는 '진대법'을 만들었답니다. 또한 좋은 인재를 뽑아 쓰고, 외교 문제도 척척 해결했어요. 이제는 왕뿐 아니라 모든 백성이 을파소를 믿고 따르게 되었지요.

"우리 고구려가 이렇게 평화로울 수가 없습니다."

"고국천왕 만세! 을파소 국상 만세!"

이렇게 고구려는 살기 좋은 나라가 되었어요. 그리고 을파소가 나이가 들어 세상을 떠났을 때엔 온 백성이 슬퍼했다고 해요.

나는 매일 밤 기도해.

"멋진 어른이 되도록 해 주세요."

나는 기도를 하면서 믿어.

내가 멋진 어른이 될 것을.

내 믿음대로 될 거야.

당나귀를 팔러 간 아버지와 아들

오늘은 아버지와 아들이 당나귀를 팔러 가는 날이에요.

"아버지, 제가 당나귀를 끌고 가도 되죠?"

"그럼, 당연하지."

아들이 당나귀의 고삐를 당겼어요. 아버지가 그 뒤를 따랐답니다.

얼마나 갔을까, 마을 사람들이 수군거리는 거예요.

"이 더운 날씨에 당나귀를 타고 가면 좋을 텐데."

"아이고, 고생을 사서 하는군."

아버지가 머리를 긁적이며 당나귀에 아들을 태웠어요.

그런데 조금 더 가니까, 마을 어르신들이 혀를 끌끌 차는 거예요.

"쯧쯧, 어린 아들이 당나귀를 타고 늙은 아버지가 걷는 게 말이 돼요?"

"요즘 애들은 버릇이 없다니까요."

어르신들의 이야기를 들은 아버지가 발을 멈추었어요.

"어르신들 생각이 맞아. 나도 당나귀에 타야겠구나."

아버지가 당나귀 위로 훌쩍 올라탔어요. 그렇게 한참을 갔지요. 두 사람을 태우니 당나귀의 걸음이 점점 느려졌어요.

"아버지, 저기 시장이 보여요!"

"그렇구나. 당나귀야, 조금 더 속도를 내렴. 이랴!"

아버지가 고삐를 당기는데도 당나귀는 꼼짝도 안 했어요. 너무 지치고 힘들었거든요.

그때, 어떤 아저씨가 큰 소리로 말했어요.

"그러다 당나귀가 쓰러지겠소. 당나귀를 팔려는 게 아니오?"

"맞습니다. 이런, 당나귀 생각은 못 했네요."

아버지와 아들은 서둘러 당나귀에서 내렸어요.

"비실거리는 당나귀를 누가 사겠어? 어디 보자……."

아버지는 어딘가에서 기다란 막대기와 줄을 구해 왔어요. 그리고 당나귀를 막대기에 거꾸로 매달아 묶었답니다.

"아들아, 같이 당나귀를 메고 가자꾸나."

"아버지, 꼭 이렇게 해야 돼요?"

"그래. 왜 처음부터 이 생각을 못 했나 싶구나."

아버지와 아들이 당나귀를 메고 시장으로 들어섰어요. 시장에 모인 사람들이 그 모습을 보고 깔깔댔답니다.

"저 사람들 좀 보게! 당나귀를 왕처럼 모시고 왔구먼."

"당나귀가 거꾸로 매달려서 버둥대는군."

"어! 어! 저러다가 당나귀가 떨어지겠네!"

막대기가 부러지면서, 당나귀가 "쿵!" 하고 바닥에 떨어졌어요.

"아버지, 당나귀가 다쳤나 봐요. 이제 어쩌죠?"

"아이고, 내가 생각을 잘못했구나. 이제 팔 수도 없겠네."

결국 아버지와 아들은 다친 당나귀를 데리고 집으로 돌아갔답니다.

생각만 했다면 당나귀를 팔았을 텐데!

나의 생각대로 행동하면 좋은데, 마음처럼 쉽지 않을 때가 있어요. 그럴 때 옆 사람의 말을 슬쩍 듣고 따라 한 적도 있을 거예요. 하지만 당나귀를 팔러 간 아버지와 아들을 보세요. 누군가 뭐라고 할 때마다 무조건 그 말이 옳다고 고개를 끄덕였어요. 결국은 어떻게 됐나요? 사람들에게 웃음거리가 되고 당나귀도 다쳤지요?

누군가의 조언이 큰 도움이 될 때가 있지만, 그렇지 않은 경우도 많답니다. 따라서 어떻게 하는 게 가장 좋은지 스스로 곰곰이 생각해 보아야 해요. 어떤 일이든 자기의 생각을 가지고 행동하는 게 좋거든요. 이리저리 휘둘렸다간 당나귀를 팔러 간 아버지와 아들처럼 하려던 일을 망치게 될 거예요.

지구가 움직인다고 생각한 갈릴레이

"우주의 중심은 지구야. 모든 별들은 지구 둘레를 돌아."

"맞아. 지구가 돈다면 우리가 어떻게 땅에 제대로 서 있겠어?"

먼 옛날, 사람들은 우주의 중심이 지구이고 모든 천체가 지구 둘레를 돈다고 생각했어요. 이러한 생각이 틀리다고 하는 것은 큰 죄를 짓는 일이었답니다.

이탈리아의 천문학자, 갈릴레이는 직접 망원경을 만들어서 우주를 관측했어요. 그리고 지구가 스스로 돈다는 것을 발견했지요.

갈릴레이는 이 사실을 사람들에게 알렸어요.

"우주의 중심은 지구가 아니라 태양입니다. 지구는 스스로 돌면서 또한 태양 둘레를 돕니다!"

하지만 종교가 모든 것을 지배했던 중세 유럽 사회에선 이러한 주장이 받아들여질 수 없었어요. 하느님이 세상을 창조했고 지구가 우주의 중심이라는 기독교의 가르침을 거스르는 것이었으니까요.

결국 갈릴레이는 종교 재판을 받게 되었어요. 여러 번의 재판으로 몸과 마음이 지친 갈릴레이는 자신의 주장을 접어야 했지요.

그로부터 약 400년이 지났어요. 과학이 발전하면서, 많은 사람들이 갈릴레이의 주장이 옳았다는 것을 알게 되었지요. 교황청 또한 그때의 재판이 잘못되었다는 것을 인정했답니다.

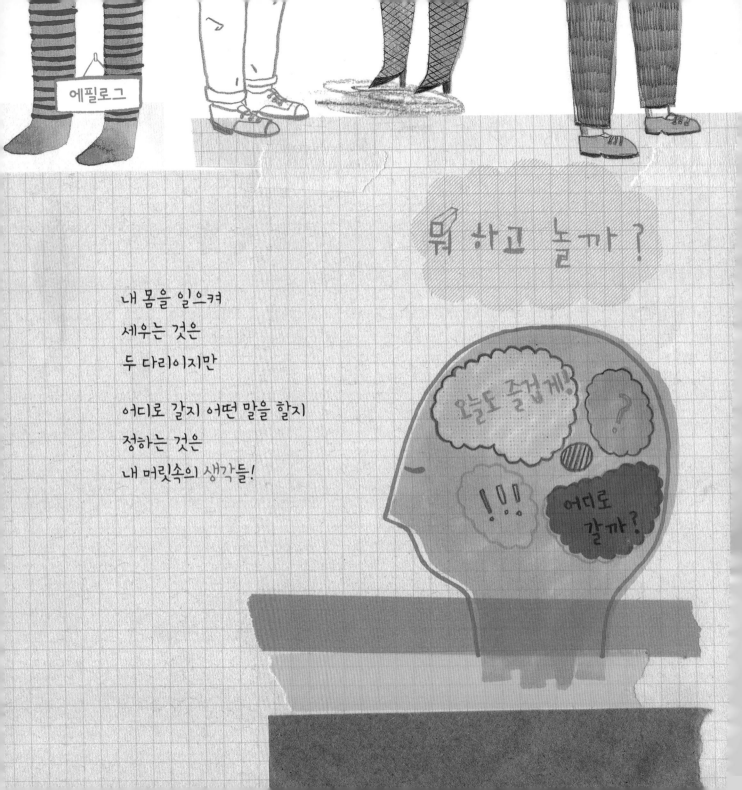

뭐 하고 놀까?

내 몸을 일으켜
세우는 것은
두 다리이지만

어디로 갈지 어떤 말을 할지
정하는 것은
내 머릿속의 생각들!

오늘도 즐겁게!

?

!!!

어디로
갈까?

개미와 베짱이

뜨거운 여름, 태양이 이글이글 타오르고 있었어요.

베짱이가 그늘 아래서 꾸벅꾸벅 졸고 있었어요. 개미들은 일을 했지요.

"영차! 이리로 옮겨!"

"저쪽에서 아주 큰 먹이를 발견했으니, 모두 나를 따라와!"

개미들은 부지런히 먹이를 물어다가 집으로 옮겼답니다.

"베짱이야, 엉덩이 좀 들어 볼래?"

개미들이 졸고 있는 베짱이에게 부탁했어요.

베짱이가 눈을 비비며 일어서자, 엉덩이 밑에 깔려 있던

먹이가 보였어요.

"이게 왜 여기에 있지? 어쩐지 꿈결에 맛있는 냄새가 나더라."

베짱이는 웃음을 터뜨렸어요. 그리고 신 나게 노래를 부르기

시작했답니다.

　개미들은 함께 노래를 부르거나 춤을 추지 않았어요. 커다란 먹이를 잘라서 옮기기에 바빴지요.

　"개미들아, 좀 쉬엄쉬엄하라고. 나랑 놀자."

　"베짱이야, 지금 먹을 것을 모아 두어야 겨울에 배고프지 않아."

　"에이, 겨울은 겨울이고. 지금은 여름을 즐겨야지."

　개미들은 먹이를 들고 떠났어요. 베짱이는 길게 하품을 하더니 다시 자리에 누웠지요.

　"겨울은 아직 멀었어. 그때 가서 걱정해도 안 늦어."

　베짱이는 긴 날개를 펴서 햇볕을 가렸지요.

　그렇게 여름이 지나고 서늘한 가을이 오더니 매섭게 추운 겨울이 되었어요. 차가운 겨울바람에 베짱이는 쿨럭거리며 기침을 했지요. 배도 너무너무 고팠어요.

　"세상의 모든 것이 차갑게 얼어붙었구나."

　어딜 봐도 먹을 것이 보이지 않았어요. 그때, 베짱이의 머릿속에 개미들이 떠올랐어요.

'흑흑, 개미들에게 가 볼까? 날 받아 줄까?'

베짱이는 온몸을 부들부들 떨며 개미집으로 찾아갔어요.

똑똑, 문을 두드리자 개미가 나왔어요. 달콤한 냄새도 솔솔 났지요.

"개미야, 배가 너무 고픈데 먹을 것 좀 나눠 줄래?"

"헉, 온몸이 얼었구나. 어서 들어와."

베짱이는 친절한 개미의 목소리를 듣자 눈물이 났어요. 그만, 개미의 품에 얼굴을 묻고 엉엉 울고 말았답니다.

아래층으로 내려가니, 따뜻한 모닥불과 맛있는 먹이가 보였어요.

"오, 베짱이구나. 여기 와서 같이 먹자."

"그래. 다 먹고 그때처럼 노래를 불러 주지 않을래?"

베짱이는 개미들 사이에 앉았어요. 하지만 부끄러워서 먹이를 먹을 수 없었어요. 지난여름, 자신은 노래나 부르며 잠만 잤으니까요. 먹이를 모으느라 땀을 뻘뻘 흘리던 개미들의 모습이 생각났어요.

"개미들아, 다음 여름엔 게으름 피우며 놀지 않고 너희처럼 성실하게 일할게. 정말이야, 약속해."

"그래, 좋아. 함께 일하자!"

배불리 먹은 베짱이는 개미들을 위해 노래를 불러 주었답니다.

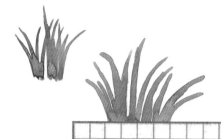

성실한 사람은 무슨 일이 닥쳐도 걱정 없어요

개미를 관찰해 본 적이 있나요? 개미는 쉴 새 없이 바삐 움직여요. 땅에 엎드려 졸고 있는 개미는 한 마리도 못 보았죠? 바닥에 사탕이라도 떨어뜨리면 어디서 나타났는지 개미 떼가 까맣게 모여든다니까요. 이렇게 먹이를 잔뜩 모아서 먹었다면 뚱뚱해야 할 텐데, 개미는 아주 날씬해요. 왜냐하면 먹이를 찾아 또 열심히 움직이기 때문이죠.

'성실'은 자신의 일을 열심히 하는 거예요. 청소부 아저씨는 열심히 청소를 하고, 경비 아저씨는 열심히 건물을 지켜요. 그렇다면 여러분은 무엇을 열심히 해야 할까요? 맞아요, 부지런히 많은 것을 배워야 해요. 개미가 추운 겨울을 준비하듯이, 성실하게 배워 두면 미래에 내가 원하는 일을 할 수 있을 거예요.

시계처럼 성실한 칸트

독일의 철학자 칸트는 매우 성실한 사람이었어요.

사실 칸트는 어릴 적에 몸이 허약했답니다. 그래서 하루 24시간 동안 무엇을 해야 하는지, 일과표를 정해서 꼭 지켰다고 해요. 규칙적인 생활이 건강을 지켜 주었거든요.

칸트는 매일 아침 5시에 일어났어요. 절대 늦잠을 자는 법이 없었지요. 일어나서 홍차를 마시며 강의 준비를 하다가 학교로 가서 학생들을 가르쳤어요. 점심에는 손님들을 초대해서 식사를 하고 3시 30분에는 산책을 했답니다.

칸트는 산책을 하며, 복잡한 머릿속을 비우고 생각을 정리했어요. 그리고 집으로 돌아와 독서를 하거나 책을 썼지요. 밤 10시가 되면 어김없이 잠자리에 들었어요.

칸트에 대한 재미있는 이야기가 있어요. 칸트는 항상 3시 30분에 산책을 나갔어요. 산책을 하는 시간을 정확히 지켰기 때문에, 칸트가 지나가면 마을 사람들

은 "지금이 3시 30분이로군." 하고 알았지요.

어떤 사람은 산책하는 칸트를 보고 고장 난 시계를 고치기도 했어요. 칸트는 시계처럼 성실하고 시계보다 정확한 사람이었거든요.

칸트는 인간의 이성, 즉 생각하고 판단하고 실천하는 능력에 대해 연구했어요. 이 연구는 독일을 넘어 서양 근대 철학에 큰 업적을 남겼답니다.

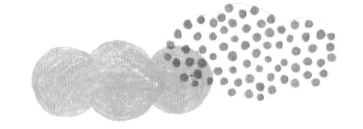

나는 커서 우리 아빠처럼 성실한
아빠가 될래요.

나는 커서 우리 엄마처럼 성실한
엄마가 될래요.

나는 지금,
부모님에게 성실한 아들딸이 될래요.

신중한 여우

동굴 안에서 끙끙 앓는 소리가 들려오네요.

"애고, 온몸이 쑤시는구나."

사자의 갈기가 축 늘어져 있었지요.

사자는 물을 마시러 연못에 가는 것도 힘들었어요. 몇 년 전만 해도 숲 속을 펄펄 뛰어다녔는데 이젠 너무 늙어 버린 거예요.

"사냥할 힘도 없는데 배가 고파서 큰일이네."

사자는 힘없이 누워 있다가 좋은 생각이 났는지 빙그레 웃었어요.

"옳거니, 가만히 누워서 사냥하는 법이 떠올랐다!"

다음 날, 숲 속 동물들 집으로 사자의 편지가 도착했어요. 동물들이 편지를 뜯어 보았지요.

"응? 사자님이 아프다고?"

"그러고 보니 얼굴을 못 본 지 오래된 거 같아."

"병문안을 오라는데?"

이렇게 해서 동물들은 사자가 있는 동굴로 병문안을 갔답니다.

동굴에 들어선 동물들은 사자의 눈빛을 보고 깜짝 놀랐어요.

"헉, 사자님, 왜 그런 눈빛으로 보나요?"

"보시다시피 난 아프지 않아. 늙어서 사냥하기 귀찮아 불렀다. 어흥!"

사자는 자신을 찾아온 동물들을 모두 잡아먹었지요.

바로 그 시간에, 여우가 외출을 마치고 숲 속으로 돌아왔어요.

"흠, 이상하다. 왜 아무도 안 보이지?"

그리고 우체통에 있는 사자의 편지를 읽고 고개를 끄덕였어요.

"다들 사자님에게 갔나 보네. 그런데 왜 아직도 안 오지?"

여우는 편지를 들고 동굴로 발걸음을 옮겼지요.

동굴 앞에 선 여우의 심장이 콩닥콩닥 뛰었어요. 안으로 들어간 발자국은 많은데 나온 발자국은 하나도 없었거든요.

"저 안에서 무슨 일이 일어난 것 같아. 신중하게 행동하자."

여우는 동굴 앞에 서서 떨리는 목소리로 말했어요.

"사, 사자님, 많이 아프다면서요?"

"오, 여우구나? 보고 싶었다. 안으로 들어
오렴."

사자가 안으로 부르자 여우는 신중하게 행동하기로 했어요.

"사자님, 저는 그냥 돌아갈래요."

"그게 무슨 소리냐? 병문안을 왔으면 내 얼굴을 보고 가야지."

"사자님, 동굴로 들어간 발자국은 많은데 나온 발자국이 없어요. 그리고 동
굴 안도 조용하고 말이에요. 그러니 들어갈 수 없어요."

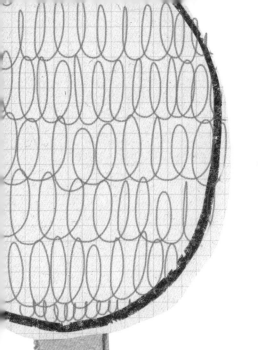

여우는 사자가 쫓아 나올까 봐 서둘러 숲으로 돌아갔어요. 그리고 남은 동물들에게 병문안을 가지 말라고 당부했답니다.

여우처럼 신중해야 해요

호랑이에게 물려 가도 정신만 바짝 차리면 된다고 하죠? 어려운 상황에서도 여우처럼 주변 상황을 살펴보고 신중하게 행동하면 위기를 벗어날 수 있어요.

어른들의 말씀을 잘 듣고 따르면 위험을 피할 수 있어요. 하지만 가장 중요한 것은 스스로 신중하게 판단하고 행동하는 거예요. 여우가 동굴 앞에서 발자국을 살피듯, 여러분도 신중해지세요. 나를 가장 가까운 곳에서 지킬 수 있는 사람은 바로 나랍니다.

수사슴과 포도 넝쿨

"탕! 탕탕!"

조용하던 숲 속에 총소리가 울려 퍼졌어요. 동물들은 일제히 가던 길을 멈추고 얼음처럼 굳었어요. 사냥꾼에게 쫓기는 수사슴만 빼고요.

수사슴은 하마터면 총에 맞을 뻔했어요. 고개를 돌리자 사냥꾼이 커다란 총을 들고 쫓아오는 게 보였지요.

"정말 끈질긴 사냥꾼이야. 지치지도 않나 봐."

수사슴은 목이 마르고 다리도 아팠어요. 그래도 죽을힘을 다해서 달려야 했지요.

"탕! 탕!"

이번에는 총알이 수사슴의 뿔을 스치고 지나갔어요. 수사슴은 너무 놀라서 덤불 위를 풀쩍 뛰어넘었답니다.

"어디라도 몸을 숨길 곳이 있으면 좋을 텐데……."

수사슴이 숨을 헐떡이며 주변을 두리번댔어요. 그때, 저 멀리 길게 늘어진 포도 넝쿨이 보였답니다.

"저기 숨으면 되겠다! 그럼 감쪽같을 거야."

수사슴은 젖 먹던 힘을 다해 포도 넝쿨 사이로 뛰어 들어갔어요. 그리고 바짝 엎드렸지요.

'제발 들키지 않아야 할 텐데. 난 죽고 싶지 않아⋯⋯.'

수사슴은 마음속으로 사냥꾼이 자신을 찾지 못하길 빌고 또 빌었어요.

그렇게 한참을 있었나 봐요. 점점 목과 다리가 저려 오고 배도 고팠지요.

'사냥꾼이 이젠 돌아갔겠지? 조용한 걸 보니 그런 것 같아.'

수사슴이 고개를 들자, 싱싱하고 푸른 포도 넝쿨이 코에 닿았어요.

수사슴은 자신도 모르게 침을 꼴깍 삼키며 주변을 살폈어요.

'신중해야 해. 사냥꾼이 그냥 포기할 리가 없어.'

하지만 포도 넝쿨에서 향긋한 냄새가 나는 거예요.

'딱 한 입만 먹고 기운을 차릴까?'

수사슴은 포도 넝쿨을 조심스럽게 뜯어 먹었어요. 그렇게 한 잎, 두 잎, 세 잎⋯⋯. 멈추지 못하고 계속 뜯어 먹었지요.

　한편, 사냥꾼은 눈앞에서 수사슴이 갑자기 사라지자 당황했어요.

　'분명 내 앞에 있었는데 어디로 숨은 거지?'

　사냥꾼은 발뒤꿈치를 들고 살금살금 숲을 살폈어요. 하지만 어디에도 수사
슴은 보이지 않았지요.

　'오늘 사냥은 실패구나. 그냥 집으로 돌아가야겠다.'

　사냥꾼이 한숨을 내쉬며 발길을 돌리려는데, 어디서 사각사각 소리가 나는
거예요.

　사냥꾼은 총을 겨누고 포도 넝쿨이 우거진 쪽으로 갔어요. 그곳에는 사냥꾼
이 그렇게 찾던 수사슴이 있었답니다. 수사슴이 자신을 가려 주던 포도 넝쿨
을 뜯어 먹는 바람에 사냥꾼에게 들키고 만 거죠.

　'옳지, 여기 숨어 있었구나!'

　사냥꾼이 수사슴에게 총을 겨누고 방아쇠를 당겼어요.

　"탕!"

총에 맞은 수사슴은 쓰러지면서 이렇게 생각했어요.

'아차, 사냥꾼에게 쫓기는 주제에 조금만 더 신중할걸.'

아차, 하는 순간 이미 늦어요

수사슴은 사냥꾼이 보이지 않자 금세 마음을 놓았어요. 그리고 자신을 가려 주는 포도 넝쿨을 먹어 버렸지 뭐예요. 정말 신중하지 못한 태도예요.

위험한 상황에 놓이거나, 또는 중요한 결정을 내릴 때는 신중해야 해요. 엎지 른 물을 도로 담을 수 없듯, 되돌릴 수 없는 일이 많거든요. 아는 길도 물어 가 라는 속담처럼, 잘 아는 일도 신중하게 고민해서 판단하세요. 그렇다면 어떤 일 이 생겨도 당황하지 않고 풀어 나갈 수 있을 거예요.

이순신 장군의 신중한 판단력

1592년, 조선에 왜적이 쳐들어왔어요. 이 전쟁을 '임진왜란'이라고 해요. 처음에 조선의 군대는 왜적에게 계속 패배했어요. 하지만 남해 바다에서 이순신이 처음으로 승리를 거두었답니다. 이 승리가 임진왜란의 흐름을 바꾸었지요.

이순신이 이길 수 있었던 비결은 바로 신중한 판단력이었어요. 왜적에 비해 조선의 수군은 숫자가 적고 무기도 부족했어요. 그래서 왜적의 형편을 잘 살펴서 작전을 세웠답니다. 그리하여 이순신은 스무 번이 넘는 전투에서 모두 승리를 거두었지요.

임진왜란이 일어난 1년 뒤인 1593년, 이순신은 조선의 모든 수군을 지휘하는 삼도 수군통제사 자리에 올랐어요. 하지만 하루아침에 죄인이 되고 말았답니다. 임금이 이순신에게 '가토'라는 적의 장수를 잡아 오라고 명령을 내렸는데 따르지 않았거든요.

이순신은 임금의 명령이라고 무조건 따르지 않았어요. 함부로 왜적과 싸웠다

가는 큰 피해를 볼 수도 있었거든요. 그리고 가토를 사로잡는 일보다 싸움을 준비하는 일이 더 중요했어요.

이런 이순신의 태도에 임금이 화가 났어요.

"내 명령을 어긴 이순신을 당장 잡아 오라!"

결국 이순신은 백의종군(장군의 지위를 버리고 평범한 병사가 되어 싸움)하라는 어명을 받았지요.

이순신이 떠난 바다는 다시 왜적의 차지가 되었고 조선의 많은 수군이 목숨을 잃었어요. 상황이 나빠지자, 임금은 신중하지 못하게 판단해 이순신을 벌한 것을 후회했어요. 그래서 이순신을 다시 삼도 수군통제사로 임명했답니다.

널 미워해!
혼자 있고 싶어!
나한테 말 걸지 마!

무심코 던진 말에
상처받을 줄은 몰랐어.

아무리 가까운 사이라도
말을 신중하게 가려야 했나 봐.

정말 미안해.

젖 짜는 소녀와 우유 한 통

옛날에 목장에서 일하는 소녀가 살았어요.

"음매, 음매."

젖소가 울면 소녀가 가서 젖을 짰지요.

"옳지, 옳지. 오늘은 어제보다 우유가 훨씬 많은걸?"

소녀가 젖소를 어루만지며 속삭였지요. 어느새, 우유 통이 가득 차서 출렁였답니다. 그런데 이게 웬일이에요? 목장 주인이 열심히 일한 대가로 우유 한 통을 주었어요. 소녀는 우유 통을 머리에 이고 시장으로 향했지요.

'우아, 우유를 팔아서 돈을 벌어야지. 신 나!'

시장으로 향하는 소녀의 발걸음이 가벼웠어요.

'돈을 받으면 어디에 쓸까? 그래, 달걀을 사는 거야!'

소녀는 노랗고 귀여운 병아리들이 껍질을 깨고 나오는 상상을 했어요.

'병아리를 닭으로 키워서 시장에 다시 팔아야지.'

소녀는 기울어진 우유 통을 다시 고쳐 들었어요. 저 멀리 길 끝에 시장이 보였답니다.

'닭을 판 돈으로 뭘 하지?'

소녀는 자신의 초라한 옷과 신발을 내려다보았어요. 소녀는 예쁜 드레스를 한 번도 입어 보지 못했어요. 무도회에 간 적도 없었지요.

상상에 들떴던 소녀의 얼굴이 갑자기 어두워졌어요. 하지만 우유 통의 묵직한 무게가 느껴지자 다시 희망이 생겼어요.

'그래, 닭을 팔아서 예쁜 드레스를 사자!'

소녀는 허리가 잘록하게 들어간 초록빛 드레스를 원했어요.

'드레스를 입고 무도회에 가면……. 분명 멋진 청년이 춤을 추자고 하겠지?'

소녀는 초록빛 드레스를 입고 무도회에 간 듯, 두 발을 사뿐사뿐 움직였어요. 두 눈을 감으니 정말 멋진 청년이 손을 내밀고 있지 않겠어요? 소녀는 청년의 손을 잡고 춤을 추기 시작했어요. 머리에 이고 있던 우유 통은 까맣게 잊고 말이죠.

'아, 노래가 영원히 끝나지 않았으면…….'

그 순간, 우유 통이 바닥으로 떨어지면서 우유가 모두 쏟아지고 말았어요.

"헉, 내 우유! 이걸 팔아서 드레스를 사야 하는데!"

소녀의 달걀도, 닭도, 드레스도 모두 사라지는 순간이었지요.

소녀는 쏟아진 우유를 보며 엉엉 울었지만 이미 늦었어요.

결국, 초라한 모습으로 집에 돌아가야 했지요.

상상만 하지 말고 실천해 볼까요?

앞으로 커서 어떤 사람이 되고 싶다고 상상해 본 적이 있나요? 만약 하늘을 나는 비행사가 되거나 아이들을 가르치는 선생님이 되고 싶다면요? 이렇게 상상만 하면 꿈을 이룰 수 없을 거예요.

물론 자유롭게 상상하는 것은 좋은 일이랍니다. 즐거운 상상은 우리에게 희망을 주고 삶의 목표를 보여 주기도 해요. 하지만 노력이 함께하지 않는다면 그 상상은 곧 힘을 잃고 말아요. 소녀가 우유를 쏟고 빈손으로 집에 돌아간 것을 보세요. 상상이 현실이 되려면 먼저 우유부터 팔아야 했겠지요? 그러니까 앞으로 다가올 크고 멋진 일에 한 발자국이라도 다가서려면 작은 일부터 차근차근 실천해 보세요.

포도밭에 숨겨진 보물

넓은 포도밭을 가진 농부가 있었어요. 농부는 아들 셋을 두었는데, 하나같이 게으르고 욕심이 많았지요.

농부는 혼자서 넓은 포도밭을 관리하며 세 아들을 키웠어요. 하지만 세 아들은 포도밭 따위가 뭐냐며 투덜거리기 일쑤였답니다.

세월이 흘러 농부가 죽음을 앞두고 있었어요. 하지만 그 순간에도 자신보다 세 아들이 걱정되었지요.

'내가 죽으면 포도밭은 엉망이 될 테고, 돈도 금방 동나겠지.'

농부는 생각만 해도 가슴이 아팠어요. 그래서 밤새 고민을 하다가 세 아들을 불렀답니다.

"얘들아, 내가 죽기 전에 할 말이 있단다."

세 아들이 농부의 말에 귀를 쫑긋 세웠어요.

"내가 포도밭에 보물을 묻어 두었다. 내가 죽으면 포도밭을 파헤쳐서 찾아내거라."

"아버지, 지금 보물이라고 하셨어요?"

"포도밭에 있다면 당장 내일이라도 찾아보겠어요!"

농부는 세 아들이 눈을 반짝이는 것을 보고 희미하게 미소를 지었어요. 그리고 천천히 눈을 감으며 죽음을 맞이했답니다.

장례식이 끝나자, 세 아들은 보물을 찾으러 포도밭으로 갔어요. 삽과 쇠스랑을 들고 포도밭 여기저기를 파헤치기 시작했지요.

"헉헉, 도대체 보물이 어디에 있다는 거지?"

"힘들면 포기해도 좋아. 그럼 보물은 다 내 차지니까."

"흥, 두고 봐. 내가 먼저 찾을 거야."

세 아들은 서로 투닥대면서도 열심히 포도밭을 파헤쳤어요. 살면서 이렇게 열심히 일을 한 적은 아마 처음이었을 거예요.

그렇게 며칠이 흐르고 세 아들은 점점 지쳐 갔어요.

"아버지께서 거짓말을 하셨나 봐. 보물은 없어."

"휴, 밤낮으로 찾았는데 이게 뭐야. 난 포기할래!"

"나도 포기할래!"

　결국 세 아들은 보물 찾는 일을 포기했어요.
포도밭 구석구석 어디 하나 빼놓은 곳 없이 다 파헤쳐
봤거든요.

　그런데 참 이상한 일이죠? 계절이 지나자, 알이 굵은
포도가 주렁주렁 매달리기 시작했어요. 전보다 훨씬 탱탱
하고 달콤한 포도였지요.

　"이게 무슨 일이야! 포도 농사가 잘되다니!"

　"그러게. 우리는 아무것도 안 했는데 말이야."

　세 아들은 콧노래를 부르며 포도를 땄어요. 그러다가 문득
농부의 유언을 떠올렸답니다.

　"그래, 아버지가 말씀하신 보물이 바로 이거였구나.
땀을 흘려서 실천하는 것!"

　"맞아. 맨날 게으르게 지내다가 보물을 찾는다고

열심히 일했잖아."

　세 아들은 뒤늦게 농부의 깊은 뜻을 알고 눈물을 흘렸어요. 그리고 포도밭을 열심히 일구며 사이좋게 살았답니다.

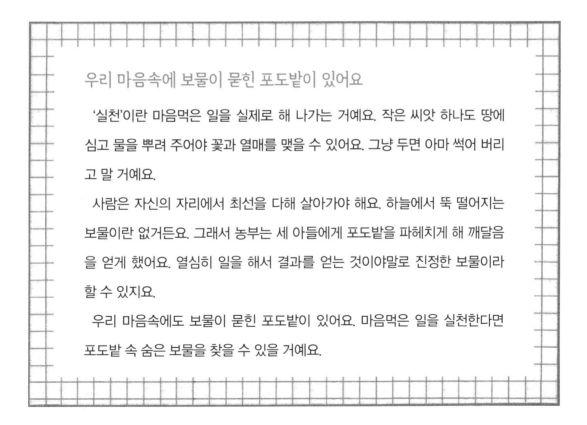

우리 마음속에 보물이 묻힌 포도밭이 있어요

　'실천'이란 마음먹은 일을 실제로 해 나가는 거예요. 작은 씨앗 하나도 땅에 심고 물을 뿌려 주어야 꽃과 열매를 맺을 수 있어요. 그냥 두면 아마 썩어 버리고 말 거예요.

　사람은 자신의 자리에서 최선을 다해 살아가야 해요. 하늘에서 뚝 떨어지는 보물이란 없거든요. 그래서 농부는 세 아들에게 포도밭을 파헤치게 해 깨달음을 얻게 했어요. 열심히 일을 해서 결과를 얻는 것이야말로 진정한 보물이라 할 수 있지요.

　우리 마음속에도 보물이 묻힌 포도밭이 있어요. 마음먹은 일을 실천한다면 포도밭 속 숨은 보물을 찾을 수 있을 거예요.

『목민심서』를 남긴 실천가, 정약용

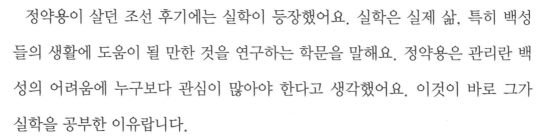

정약용이 살던 조선 후기에는 실학이 등장했어요. 실학은 실제 삶, 특히 백성들의 생활에 도움이 될 만한 것을 연구하는 학문을 말해요. 정약용은 관리란 백성의 어려움에 누구보다 관심이 많아야 한다고 생각했어요. 이것이 바로 그가 실학을 공부한 이유랍니다.

하지만 정약용을 아끼던 정조 임금이 세상을 떠나면서, 그는 천주교도라는 이유로 멀리 유배를 떠나야 했어요. 유배 기간은 무려 18년이나 되었답니다. 한때 백성을 위한 정치를 꿈꾸었던 정약용은 유배지 전라남도 강진에 꼼짝없이 갇히고 말았지요.

하지만 정약용은 슬퍼하거나 모든 것을 포기하지 않았어요. 자신의 호인 '다산'에서 그 이름을 따와, '다산초당'을 열어서 실학 연구에 온 힘을 쏟았지요. 다산초당에는 그를 따르는 제자들이 모여들었답니다.

정약용이 쉰일곱 되던 해, 드디어 유배에서 풀려났어요. 많은 나이에도 학문

을 향한 열정은 계속되었답니다. 그는 『목민심서』를 펴내며 관리가 백성을 어떻게 다스려야 하는지 적었어요. 『목민심서』의 첫 장은 이렇게 시작해요.

"오늘날 백성을 다스리는 자들은 오직 거두어들이는 데만 급급하고 백성을 부양할 바는 알지 못한다."

이렇게 정약용은 백성을 사랑하는 마음으로 관리들의 잘못된 점을 고치려 노력했어요. 이 책은 지금까지도 많은 이들에게 큰 교훈을 주고 있답니다.

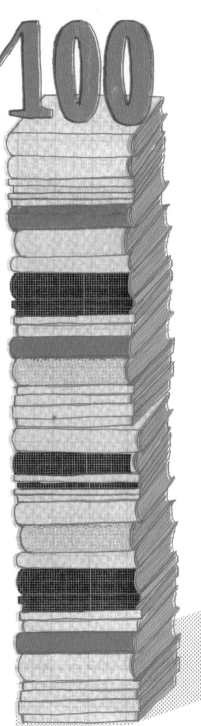

책 100권 읽기가 아니라,
책 100시간 베고 자기가 계획이야?

거창한 계획 100개보다
실천할 수 있는 10개를 세워 보면 어떨까?

차근차근!
지금 펼친 이 책부터 다 읽는 게 시작이야!

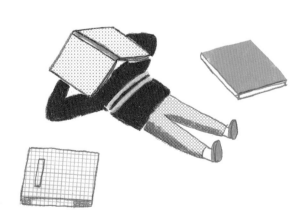

외나무다리에서 만난 두 염소

염소 한 마리가 풀을 찾아 걷고 있었어요. 염소는 아침 이슬에 젖은 풀을 좋아했어요. 그런데 다른 동물들이 먼저 다녀갔는지 도통 풀이 보이지 않았답니다. 염소는 주변을 두리번거리다 속상해서 주저앉았지요.

그때, 어디선가 호랑나비 한 마리가 날아왔어요.

"나비야, 달콤한 꽃을 찾아왔겠지만 여기엔 풀 한 포기도 없단다."

염소가 혼자 중얼거렸어요. 나비는 염소의 말을 듣기라도 한 듯 날아오르더니 개울 너머로 사라졌지요.

염소는 자리에서 일어나 고개를 빼고 나비가 사라진 쪽을 보았어요.

"헉, 개울 너머는 신선한 풀로 가득하잖아?"

염소의 눈에 드넓은 초록 풀밭과 그 위를 날아다니는 나비들이 보였어요. 신이 난 염소가 곧장 개울가로 달려갔지요.

다행히도 개울에는 외나무다리가 걸쳐져 있었어요. 폭이 좁아서 염소 혼자 겨우 지나갈 수 있을 정도였지요.

염소가 외나무다리에 두 발을 올려놓는 순간, 맞은편에서 다른 염소가 나타났어요.

"헉, 저 녀석은 뭐지? 내가 먼저 지나가야 하는데!"

다른 염소도 양보할 마음이 없어 보였어요.

"이봐, 나 먼저 지나갈게. 보다시피 한 마리만 지나갈 수 있으니까."

염소는 기분이 무척 나빴어요. 아침 내내 풀을 찾아서 돌아다닌 탓에 배가 고프고 다리도 아팠거든요. 그런데 갑자기 다른 염소가 나타나서 길을 가로막은 거예요.

"싫어. 빨리 개울을 건너가서 풀을 먹어야 한단 말이야!"

"쳇, 잠깐만 비켰다가 건너면 되잖아."

"그럼, 네가 먼저 양보를 해 봐. 그러면 되겠네."

결국, 외나무다리 한가운데에서 두 염소가 싸우기 시작했어요.

"건방진 녀석, 내 뿔 맛 좀 봐라!"

"누가 할 소리! 어디 덤벼 보라고!"

염소가 있는 힘껏 다른 염소를 들이받았어요.

"쾅!"

외나무다리가 흔들거렸지요. 두 염소는 균형을 잃고 쓰러졌어요.

"헉, 떨어진다. 염소 살려!"

결국, 개울에 풍덩 빠지고 말았답니다.

"아이고, 이럴 줄 알았으면 양보할걸……."

"내가 먼저 양보했으면 좋았을 텐데!"

양보할 줄 모르던 두 염소는 물에 떠내려가며 후회를 했어요.

하지만 이미 너무 늦은 뒤였지요.

양보는 지는 게 아니라 배려하는 거예요

도로에서 '양보 운전'이라고 쓰인 표지판을 본 적이 있나요? 교통사고는 잘못하면 큰 사고로 이어질 수 있어서 양보 운전이 더욱 필요해요. 만약 서로가 빨리 가려고 속력을 내고 끼어들면 어떻게 될까요? 개울에 빠진 두 염소처럼 어려움을 겪게 될 거예요.

'양보'는 상대방을 위하여 내 순서나 자리, 물건 따위를 내어 주는 거예요. 양보는 손해 보거나 지는 일이 절대 아니랍니다. 오히려 그 반대지요. 양보를 통해 배려하는 즐거움을 배울 수 있으니까요.

마음만 먹으면 누구에게나 쉽게 양보를 할 수 있어요. 한번쯤은 나만 편하면 된다는 마음을 버리고, 여유 있게 양보해 보면 어떨까요?

왕위를 양보한 석탈해

신라의 남해왕에게는 '유리'라는 왕자와 '석탈해'라는 사위가 있었어요. 남해왕은 석탈해가 전쟁에서 많은 승리를 거두어서 신하들이 그를 따른다는 것을 알았어요. 그래서 이렇게 유언을 남겼답니다.

"유리보다 나이가 많은 탈해가 내 뒤를 이어 왕위에 오르라."

남해왕이 죽자, 유리 왕자는 유언을 받들어서 석탈해에게 왕이 되길 청했어요. 하지만 석탈해는 빙그레 웃으며 고개를 가로저었지요.

"나이는 중요하지 않습니다. 훌륭하고 지혜로운 사람이 왕위에 올라야 하지 않겠습니까?"

석탈해는 신하들을 모은 다음에 떡을 가져와서 유리 왕자에게 내밀었어요.

"또한 이가 하나라도 더 많으면 그만큼 지혜롭다고 들었습니다."

떡을 깨물어 잇자국을 보니 유리 왕자의 이가 하나 더 많았답니다. 그래서 유리 왕자가 왕위에 올랐지요. 이때부터 신라에서는 나라를 다스리는 왕의 칭호

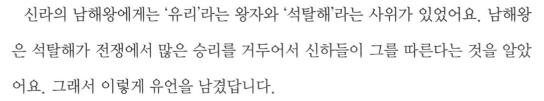

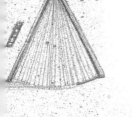

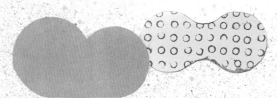

를 '잇자국'이라는 뜻의 '이사금'으로 불렀어요.

　사실 석탈해는 유리 왕자에게 왕위를 양보하려고 일부러 떡을 가져온 거예요.

신하들이 모두 보는 앞에서 유리 왕자가 왕이 될 자격이 있다고 증명한 거지요.

　이후 석탈해는 열심히 유리왕을 도왔어요. 그리고 유리왕이 세상을 떠나자,

유언에 따라 석탈해가 그 뒤를 이어 왕이 되었답니다.

에필로그

자리는 하나인데
우리는 둘.

가장 좋은 양보는……,
내 무릎을 내어 주는 것.

노인과 의사

어느 마을에 노인이 살았어요.

노인은 눈병에 걸려 앞이 잘 안 보였지요. 그래서 여기저기에 부딪히기 일쑤였어요.

"어허, 점점 앞이 안 보이니 살 수가 없구나."

결국, 노인은 옆집 사람에게 부탁해서 의사를 집으로 불렀답니다.

노인의 집에 들어온 의사는 입이 딱 벌어졌어요. 노인은 아주 부자였거든요. 벽에는 유명한 그림이 걸려 있고 아름다운 도자기도 보였어요.

의사는 찬찬히 집을 둘러본 후에 노인을 진찰했어요.

"이 연고를 바르면 나을 겁니다."

"정말인가요? 그럼 어서 그 연고를 발라 주세요!"

의사는 끈적끈적한 연고를 노인의 눈에 발라 주었어요.

"연고가 마를 때까지 누워서 계세요. 주무셔도 좋고요."

노인이 침대에 눕자, 의사는 음흉한 미소를 지었답니다.

사실 눈병이 나으려면 더 많은 연고를 발라 주어야 했어요. 하지만 의사는 그러지 않았지요. 왜냐하면 노인의 물건들을 보자 욕심이 났거든요.

'후후, 아무것도 모르고 누워 있는군. 그사이 난 이것들을 훔쳐야지.'

의사는 낄낄대며 비싸 보이는 그림들을 가지고 나갔어요.

며칠 뒤, 노인이 의사를 다시 불렀어요.

"연고를 다 발랐습니다. 마음 푹 놓고 한숨 주무세요."

노인이 잠들자, 의사는 아름다운 도자기를 들고 나갔답니다.

이렇게 의사는 노인의 집에 올 때마다 물건을 훔쳐 갔어요. 마침내 노인의 눈이 다 나았지요. 이미 집은 텅 비어 있었어요.

"오, 이제야 좀 앞이 보이는군. 헉, 그런데……."

노인은 그림과 도자기, 심지어 값비싼 가구들까지 몽땅 사라진 것을 알고 놀랐어요. 집에는 침대만 덩그러니 놓여 있지 뭐예요.

그때, 의사가 노인의 집을 찾아왔어요.

"이제 앞이 잘 보이시죠? 그동안의 치료비를 받아야겠습니다."

"흥, 치료비를 달라고요? 뻔뻔하구먼!"

"뭐라고요? 힘들게 눈을 고쳐 드렸으니 돈을 주셔야죠!"

노인과 의사는 크게 싸우다가 판사를 찾아갔어요.

판사는 노인의 눈이 멀쩡한 것을 확인하고 말했어요.

"흠, 정말 눈이 다 나았으니 치료비를 내야겠군요."

"아닙니다. 판사님, 제 눈은 오히려 더 나빠졌습니다."

의사가 얼굴이 빨개져서 외쳤어요.

"판사님, 모두 거짓말입니다. 돈을 주기 싫어서 저러나 봅니다."

"조용! 조용! 여긴 법정입니다. 싸우지 마세요."

판사는 노인에게 말을 계속하라는 듯 고개를 끄덕였어요.

"집에 있던 그림과 도자기, 가구들이 하나도 보이지 않습니다. 그러니 눈이
더 나빠진 거겠지요."

노인의 말에 의사는 양심이 찔리는
지 식은땀을 흘리기 시작했어요.

"노인의 말이 사실이오? 혹시
당신이 도둑질한 건 아니오?"

판사의 말에 의사는 아무 말도 하지 못했어요.

결국, 의사는 도둑질한 사실이 밝혀져 감옥에 갇히게 되었답니다.

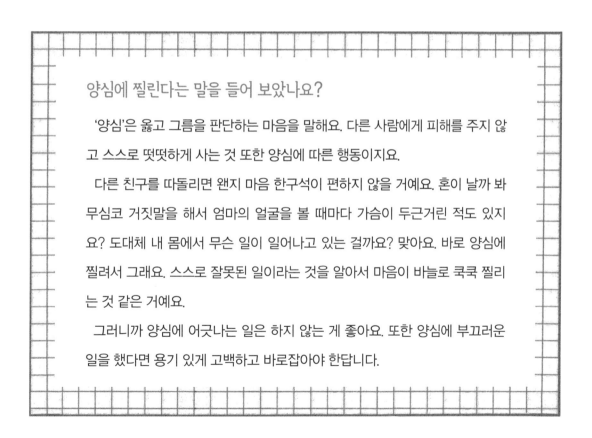

양심에 찔린다는 말을 들어 보았나요?

'양심'은 옳고 그름을 판단하는 마음을 말해요. 다른 사람에게 피해를 주지 않고 스스로 떳떳하게 사는 것 또한 양심에 따른 행동이지요.

다른 친구를 따돌리면 왠지 마음 한구석이 편하지 않을 거예요. 혼이 날까 봐 무심코 거짓말을 해서 엄마의 얼굴을 볼 때마다 가슴이 두근거린 적도 있지요? 도대체 내 몸에서 무슨 일이 일어나고 있는 걸까요? 맞아요. 바로 양심에 찔려서 그래요. 스스로 잘못된 일이라는 것을 알아서 마음이 바늘로 쿡쿡 찔리는 것 같은 거예요.

그러니까 양심에 어긋나는 일은 하지 않는 게 좋아요. 또한 양심에 부끄러운 일을 했다면 용기 있게 고백하고 바로잡아야 한답니다.

새들의 왕

최고의 신 제우스가 세상의 모든 새들을 불러 모았어요.

"내일, 너희 가운데 가장 아름다운 새를 왕으로 뽑겠다!"

새들이 무슨 일인가 궁금해서 모두 모였는데, 글쎄 새들의 왕을 뽑겠다는 거예요.

제우스의 말에 새들은 깃털을 단장하느라 난리도 아니었어요.

"호호, 나만큼 깨끗하고 우아한 새가 어디 있겠어?"

온몸이 새하얀 백조가 기다란 목을 펴며 걸어 나왔어요.

"넌 그냥 하얗잖아. 나처럼 알록달록 귀여운 새가 더 아름답지!"

원앙새가 작고 동그란 머리를 들며 말했지요.

"얘들아, 화려하고 아름다운 새 하면 바로 나야. 내가 바로 왕이 될 거야."

공작새가 커다란 꽁지를 펼쳤어요.

모든 새들이 앞다투어 자신의 미모를 자랑했답니다.

저 멀리에서 이 모습을 지켜보던 까마귀는 풀이 죽었어요.

"휴, 난 새까맣기만 하고 볼품이 없어."

그런데 어디선가 알록달록한 깃털 하나가 살랑거리며 날아왔어요. 그리고 까마귀의 등에 살포시 내려앉았지요.

"오, 누구의 깃털이지? 이렇게 치장하니 좀 괜찮아 보이네?"

까마귀는 고개를 까딱이며 미소를 지었어요. 그때, 어떤 생각이 머릿속을 스치고 지나갔어요.

"그래! 다른 새들의 둥지에 가서 깃털을 훔쳐 오는 거야. 그걸로 아름답게 꾸며야지!"

까마귀는 깍깍거리며 다른 새들의 둥지로 갔어요. 그리고 깃털을 훔쳐 왔답니다.

이렇게 까마귀는 세상 모든 새들의 깃털을 모았어요. 그러고는 깃털을 하나하나 몸에 꽂았지요.

"오, 정말 아름다워. 그래, 내가 새들의 왕이야!"

까마귀는 만족스러운 미소를 띠었답니다.

다음 날이 밝았어요. 신전에 모인 새들은 서로 미모를 뽐내기에 바빴지요.

그때 제우스가 나타났어요. 모든 새들은 일제히 부리를 다물었지요. 제우스는 천천히 새들을 둘러보았어요.

"흠, 까마귀가 가장 아름답구나. 까마귀를 새들의 왕으로 삼겠다!"

제우스의 말에 새들은 모두 놀랐어요. 그런데 까마귀의 모습을 본 새들은 더 놀라서 자빠질 뻔했어요. 온몸이 까맣기만 했던 까마귀가 알록달록 깃털을 달고 나타났으니까요.

"제우스님, 저 모습은 가짜예요. 까마귀는 원래 까매요."

"우리들의 깃털을 훔쳐서 꽂고 나온 게 분명해요."

새들은 모두 까마귀에게 달려들어서 자신의 깃털을 가져갔어요.

그래서 어떻게 되었냐고요? 제우스는 왕이 되려고 속임수를 쓴 까마귀를 크게 혼내 주었답니다.

반칙은 안 돼요, 양심을 지켜야 해요

학교에서 받아쓰기 시험을 보는데 헷갈리기 시작해요. 이때 짝꿍의 공책이 보이면 어떻게 할 건가요? 만약 짝꿍의 답을 보고 베껴 쓰면 그건 정정당당하지 않아요. 그렇게 해서 백 점을 맞아도 마음이 편하지 않을 거예요. 왜냐하면 반칙을 한 거니까요.

입장을 바꿔서 생각해 볼까요? 내가 열심히 시험 공부를 했어요. 그런데 놀기만 한 짝꿍이 내 답을 보고 베껴서 백 점을 맞으면 기분이 어떨까요? 점수를 도둑맞은 것 같고 불공평하게 느껴질 거예요. 마치 까마귀 몸에 자신의 깃털이 붙어 있는 것을 본 새들처럼 말이에요. 무엇을 하든 양심에 어긋나지 않게 떳떳하게 행동해야 해요. 양심은 스스로 지키는 거예요.

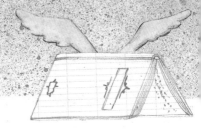

히틀러와 맞서 싸운 양심, 숄 남매

1918년, 제1차 세계 대전이 끝났어요. 독일은 식민지를 잃고 엄청난 배상금(남에게 입힌 손해에 대해 물어 주는 돈)을 물어야 했지요. 엎친 데 덮친 격으로, 대공황(전 세계가 경제적으로 큰 어려움을 겪게 되는 현상)까지 불어닥치며 많은 독일인이 일자리를 잃고 배고픔에 시달려야 했답니다.

그때, 히틀러가 나타났어요. 그는 독일을 다시 일으켜 세우겠다며 나치당을 만들었답니다. 용기를 잃은 독일인에게 "독일 민족은 세계에서 제일 뛰어난 민족이다."라는 히틀러의 주장은 무서운 희망을 심어 주었어요. 결국 죄 없는 유대 인을 학대하는 일에 따르고 말았지요.

하지만 한스와 소피 숄 남매는 히틀러를 따르지 않았어요. 사람은 누구나 평등하고 따라서 인종 차별이나 폭력을 행사하는 것은 그릇된 일이니까요. 이렇게 히틀러와 나치당에 충성하는 흐름 속에서도 일부 사람들의 마음속엔 이것이 옳지 않다고 생각하는 양심이 남아 있었답니다. 숄 남매처럼 말이에요.

뮌헨 대학에 입학한 숄 남매는 '백장미단'이라는 단체에 들어갔어요. 그리고 히틀러와 나치당을 비판하는 글을 써서 뿌렸지요.

경찰은 백장미단을 찾기 시작했어요. 결국, 숄 남매는 체포되어 사형을 선고받게 되었답니다.

제2차 세계 대전에서 독일은 또다시 패배하고 히틀러는 스스로 목숨을 끊었어요. 그제야 독일인은 히틀러에게 충성했던 과거를 부끄럽게 여기고 반성했지요. 그리고 1980년, 히틀러에 맞서 싸운 숄 남매를 기리는 의미로 '숄 남매 문학상'을 만들었답니다.

누군가 버린 양심을
모른 척하는 것은 내 양심에 어긋나.

고양이 목에 방울 달기

"야옹야옹, 쥐들아 어디에 숨었니? 야옹!"

고양이가 입맛을 쩝쩝 다시며 쥐들을 찾았어요. 다정하고 나긋나긋한 목소리였지만, 쥐들에게는 무시무시하게 들렸지요. 그래서 쥐들은 집 밖에 나가지도 못하고 오들오들 떨었답니다.

그때, 쥐돌이 엄마가 울면서 뛰어 들어왔어요.

"아이고, 우리 쥐돌이가 고양이에게 잡혀갔어요!"

"헉, 쥐돌이를요? 말도 안 돼!"

놀란 쥐들이 모두 나와서 쥐돌이 엄마를 위로했어요.

"집에 가만히 있으랬는데……."

쥐돌이 엄마가 흐느끼자, 다른 쥐들도 같이 눈물을 흘렸지요.

"이대로 가만히 있을 수 없어요!"

"그래요. 고양이를 혼내 줍시다!"

쥐들은 주먹을 불끈 쥐었어요. 모두 고양이에게 쌓인 감정이 많았거든요.

고양이에게 가족을 잃은 쥐가 한둘이 아니였어요.

바로 고양이를 어떻게 혼내 줄 것인지 회의가 시작되었어요.

"우리 모두 힘을 합치면 뭐든 못 하겠어요?"

"다 같이 쳐들어가서 고양이 수염이라도 뽑읍시다!"

쥐들은 새까맣게 몰려온 서로를 보고 용기가 솟기 시작했어요.

"저에게 아주 좋은 생각이 있습니다!"

그때, 똑똑한 박사 쥐가 앞으로 나왔어요. 모두 일제히 입을 다물고 박사 쥐를 쳐다보았지요.

박사 쥐는 안경을 고쳐 쓰더니 한참 뜸을 들였어요. 그리고 "휴." 하고 한숨도 쉬었답니다.

"흠, 굉장한 용기가 필요한 방법인데⋯⋯."

"어서 말해 봐요. 뭐든 다 하겠다고요!"

모두 눈을 반짝이며 박사 쥐에게 말했어요.

"그 방법은 바로, 고양이 목에 방울을 다는 것입니다!"

"고, 고양이 목에 방울을⋯⋯?"

박사 쥐의 말에 모두들 놀라서 입을 다물지 못했어요.

"고양이 목에 방울을 달면, 방울 소리가 날 때 재빨리 도망치면 됩니다."

박사 쥐가 방울을 딸랑딸랑 흔들며 말했어요.

"오, 방울이라! 정말 좋은 생각이에요!"

"그래요. 당장 고양이 목에 방울을 답시다!"

쥐들은 신이 나 춤을 추며 방울을 흔들어 댔어요.

"그럼, 누가 방울을 달러 가겠소?"

박사 쥐가 묻자, 갑자기 조용해졌어요.

고양이 목에 방울을 다는 것은 좋은
생각이었지만, 도대체 누가 방울을 달 수
있을까요?

"나, 난 차마 용기가 안 나서……."

"고양이 근처에 갔다간 잡아먹힐 것 같아."

고양이 목에 방울을 달 용기 있는 쥐는 한 마리도 없었어요. 심지어 의견을 낸 박사 쥐도 마찬가지였어요. 결국 쥐들은 뿔뿔이 흩어져 집으로 돌아갔답니다.

세상을 바꿀 수 있는 용기를 키워 보세요

수업 시간에 선생님께서 내가 알고 있는 문제를 물으셨어요. 손을 번쩍 들고 발표하면 되는데 왠지 자신이 없네요. 그러다가 다른 친구가 답을 맞혀 버렸어요. 이럴 땐 괜히 속상하고 답답하지요? 모두 용기가 부족해서 그런 거예요.

'용기'는 씩씩하고 굳센 마음을 말해요. 힘을 길러서 무거운 물건을 드는 것처럼, 마음의 힘을 길러 무엇이든 도전해 보세요. 두렵고 피하고 싶은 일이 있어도 마음의 힘으로 이겨 내는 거지요.

고양이 목에 방울을 달기 위해서는 쥐들에게 엄청난 용기가 필요했어요. 잘못하면 목숨을 잃을 수도 있으니까요. 그래서 모두 겁을 먹고 포기해 버렸지요. 그러나 쥐들이 용기를 가지고 도전했다면 상황이 바뀌었을 거예요. 용기가 있었다면 고양이가 아니라 호랑이 목에도 방울을 달 수 있었을 걸요?

겁쟁이 사자

아주 먼 옛날, 덩치가 큰 사자가 살았어요. 사자는 매일 아침 일어나 연못에 비친 자신의 모습을 들여다보았답니다.

"허허, 역시 나는 숲 속의 왕! 위엄 있는 사자야."

사자는 탐스러운 갈기를 매만지며 미소를 지었어요.

"어깨는 바위처럼 단단하고 이빨은 크고 날카롭구나!"

이렇게 하루 종일 연못 앞에 앉아 잘난 척을 했지요.

하지만 사자에게는 한 가지 고민이 있었어요. 가슴을 활짝 펴고 숲 속을 다니다가도, 해가 지기 시작하면 움츠러들었답니다.

땅거미가 어둑하게 지자, 사자의 눈이 밤송이처럼 커졌어요.

"으으, 난 깜깜한 게 딱 질색이야. 너무 무서워!"

금세 온 세상이 깜깜해졌어요. 사자의 우람한 모습을 비추던 연못에 아무것도 보이지 않았지요.

"오늘은 어제보다 밤이 빨리 찾아왔나 봐. 어쩌지? 벌써 무서워."

어디선가 바람이 슬슬 불어오자 사자의 얼굴이 새파래졌어요.

"누, 누구야? 거기 누구 있어요?"

사자가 떨리는 목소리로 깜깜한 풀숲을 향해 외쳤어요. 하지만 메아리만 되돌아와서 더 무서워졌답니다.

"흑흑, 아무래도 더 안전한 곳으로 가야겠어."

사자는 허겁지겁 뛰기 시작했어요.

"개굴! 개굴! 개굴개굴!"

그러다 풀숲에서 잠자고 있던 개구리 떼를 밟았지요. 개구리들이 놀라서 사방으로 튀었어요. 개구리보다 더 놀란 것은 사자였답니다. 사자는 몸을 부르르 떨며 소리쳤어요.

"으악! 떨어져. 내 몸에서 떨어지란 말이야!"

사자는 귀신이라도 본 것처럼 날뛰었답니다.

겨우 정신을 차린 사자가 도망친 곳은 느티나무 숲이었어요. 그런데 느티나무 숲에 유령이 있는 거예요. 느티나무의 축 늘어진 가지가 꼭 망토를 쓴 유령처럼 보였거든요.

겁쟁이 사자가 여기 있구나!

　사자가 겁에 질려서 슬금슬금 뒷걸음질 치는데 갑자기 바람이 휭하니 불어왔어요.

　느티나무 가지가 바람에 흔들리자, 마치 유령이 두 손을 앞으로 내미는 것 같았어요.

　"뭐, 뭐야. 유령이 나를 잡으러 오는 것 같아!"

　갈기가 쭈뼛 곤두선 사자는 재빨리 도망쳤어요. 그러다가 그만, 늪에 빠져 온몸에 진흙을 홀딱 뒤집어썼답니다.

그 모습을 본 부엉이가 혀를 끌끌 차며 말했어요.

"숲 속의 왕이 아니라 겁쟁이 사자가 여기 있구나!"

용기는 마음에서 생겨나는 거예요

자기가 얼마나 힘이 세고 용감한지 떠벌리는 친구들이 있어요. 사실보다 지나치게 부풀려서 이야기하는 탓에 의심이 들 정도라니까요. 그런데 실제로 위험이 생기면 두 팔을 걷어붙이고 나서는 친구들은 따로 있어요. 키가 크고 힘이 센 것도 아닌데 말이에요. 바로 마음속에 용기가 있기 때문이죠.

소년 다윗이 거인 골리앗과 싸워 이긴 이야기를 들어 본 적 있나요? 다윗은 영리하기도 했지만 거인과 맞서 싸울 정도로 용기가 있었어요. '작은 고추가 맵다.'라는 속담처럼 나이가 어리고 몸집이 작아도 충분히 용기를 가지고 일을 해낼 수 있어요. 여러분도 마음의 힘을 길러 용기 있는 사람이 되어 보세요.

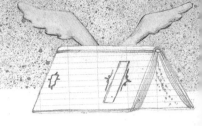

프랑스를 구한 잔 다르크의 용기

잔 다르크는 프랑스의 작은 마을에서 태어났어요. 당시 프랑스는 기나긴 전쟁을 치르고 있었답니다. 샤를 4세가 죽고 그 뒤를 이를 왕자가 없자 싸움이 시작되었지요. 일찍이 샤를 4세의 누나 이자벨 공주는 영국으로 시집을 가서 아들 에드워드 3세를 낳았어요. 에드워드 3세는 샤를 4세의 조카임을 내세워서 프랑스의 왕이 되어야 한다고 주장했지요. 프랑스와 영국의 왕위 전쟁은 1337년부터 1453년까지, 백 년 넘게 계속되었어요. 그래서 '백 년 전쟁'이라고 부른답니다. 백 년 전쟁으로 인해 프랑스 영토는 폐허가 되었어요. 백성들의 고통은 이만저만이 아니었지요.

그때, 열여섯 살의 소녀 잔 다르크가 나섰어요. 그 당시 프랑스를 이끌고 있던 샤를 황태자는 싸울 의욕도 잃은 채, 거의 모든 것을 포기하고 있었지요. 프랑스 곳곳을 차지한 영국 군대 때문에 즉위식을 치르기도 어려웠거든요.

"프랑스를 구하기 위해 제 목숨을 바치겠습니다!"

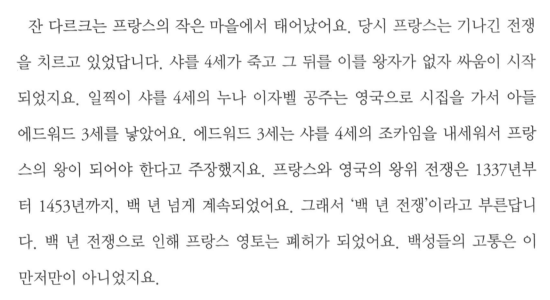

잔 다르크는 샤를 황태자 앞에 서서 용기 있게 말했어요. 그리고 샤를 황태자
에게서 받은 병사를 이끌고 전쟁터로 갔지요. 오랜 전쟁으로 지쳐 있던 프랑스
군대는 어린 소녀의 등장에 깜짝 놀라면서도 용기에 감탄했답니다.

"잔 다르크와 함께 싸우자. 더 이상 영국에 무릎을 꿇지 말자!"

하얀 갑옷을 입은 잔 다르크를 앞세운 프랑스 군대는 영국 군대를 순식간에
물리쳤어요.

"프랑스를 구한 소녀다! 잔 다르크 만세!"

잔 다르크 덕분에 샤를 황태자는 왕위에 올랐답니다. 잔 다르크는 프랑스를
구한 소녀로 역사에 기록되었지요.

언제까지 도움만 기다릴 순 없잖아.
이젠 용기 있게 내 안의 슈퍼맨을 찾아야 해.

곰을 만난 두 친구

두 친구가 함께 여행을 떠났어요. 두 친구는 빵 한 조각도 나눠 먹고, 시냇물을 건널 때에도 서로 도왔답니다.

"자네와 함께 오지 않았다면 큰일 날 뻔했네."

"하하, 외롭지 않고 나도 좋아."

두 친구는 껄껄 웃으며 사이좋게 어깨동무를 했어요.

그렇게 한참을 걸어 나무가 우거진 숲에 다다랐어요. 한눈에 봐도 사나운 곰이나 늑대가 살고 있을 것 같았지요.

"흠, 좀 위험해 보이는데? 다른 길로 돌아갈까?"

"아니야. 해가 지기 전에 마을에 도착해야 해."

두 친구는 서로 손을 잡고 숲으로 들어갔어요.

차가운 바람이 불자 팔에 소름이 돋았어요. 저 멀리서 무엇인가 지켜보는 것 같기도 했지요.

"정말 으스스하군."

등 뒤에서 바스락바스락 소리가 들리는 것 같아서, 두 친구는 자꾸 뒤를 돌아봤답니다.

그때였어요. 한 친구가 갑자기 얼굴이 새파랗게 질려서 비명을 질렀지요.

"으악! 고, 곰이다! 무시무시한 곰이야!"

과연 곰 한 마리가 커다란 바위처럼 버티고 서 있었답니다. 다른 친구도 곰을 보고 깜짝 놀랐어요.

"도, 도망가야겠어! 곰에게 잡아먹힐 순 없지!"

한 친구가 서둘러 가까운 나무 위로 기어 올라갔어요. 옆의 친구는 까맣게 잊은 채 저 혼자 살겠다고 말이죠.

"이봐, 나를 좀 도와주게."

"나도 어쩔 수 없다네. 자네 스스로 올라오라고."

"뭐라고? 친구라고 믿었는데……."

혼자 남은 친구는 어쩔 줄 몰라 했어요. 그래서 바닥에 납작 엎드려 죽은 척을 했답니다.

'혼자만 살겠다고 도와주지 않다니…….'

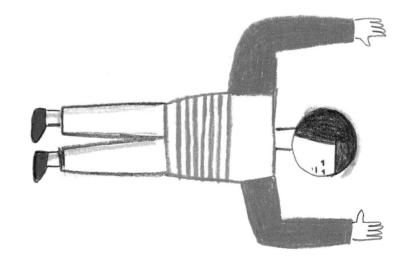

자신을 도와주지 않고 나무에 올라간 친구가 무척 원망스러웠지요.

그때, 곰이 다가오더니 죽은 척하고 있는 친구의 몸에 코를 대고 킁킁거렸어요.

'이대로 죽는 건가!'

그런데 천만다행이지 뭐예요. 곰이 귀에 대고 무어라 속삭이더니 그대로 가 버리는 게 아니겠어요.

나무 위에서 이 모습을 지켜본 친구는 도대체 곰이 무슨 말을 하는지 궁금했어요. 그래서 서둘러 나무에서 내려와 물었답니다.

"이보게, 곰이 자네에게 뭐라고 하던가?"

바닥에 엎드려 있던 친구가 흙을 털고 일어났어요. 그러고는 싸늘한 표정으로 대답했지요.

"혼자만 살겠다고 도망간 사람을 친구로 두지 말라고 했네."

친구가 없다면 이 세상은 정말 쓸쓸할 거예요

두 친구가 함께 여행길에 올랐어요. 서로가 있어서 외롭지도 않고 즐거웠지요. 그런데 곰을 만나자 상황이 달라졌어요. 같이 도망을 가거나 힘을 합쳐 곰을 쫓아야 하는데, 한 친구가 혼자 살겠다고 나무에 올라간 거예요. 남은 친구는 배신감을 느끼며 마음에 큰 상처를 입었답니다.

우리에게는 또 다른 가족처럼 곁을 지켜 주는 친구가 있어요. 나와 함께 놀아 주고, 고민도 들어 주고, 힘든 일이 있을 때는 도와주지요. 이렇듯 친구는 그 무엇보다 소중한 존재예요.

세상을 살다 보면 힘든 일이 참 많아요. 이야기 속 주인공들이 곰을 만났을 때처럼요. 이때 나 혼자 살겠다고 나무에 올라가지 말고, 친구 곁에 있어 주세요. 그러면 나에게 위기가 닥쳤을 때 친구도 함께 싸워 줄 거예요.

관중과 포숙의 우정, 관포지교

중국 춘추 시대 제나라에 둘도 없는 친구가 있었어요. 바로 관중과 포숙이랍니다. 두 친구는 함께 장사를 했는데, 이익을 나눌 때 관중이 항상 더 많은 몫을 챙겼어요. 이를 불공평하다고 여긴 사람들이 포숙에게 물었지요.

"여보게, 둘이 함께 일하는데 왜 관중이 돈을 더 많이 가져가는가?"

"관중의 형편이 어렵기 때문에 더 많이 가져가는 것뿐입니다."

또 관중은 포숙과 함께 전쟁터에 나갔다가 세 번이나 도망쳤어요. 사람들이 이런 관중의 행동을 비웃자 포숙이 다시 편을 들었지요.

"관중은 늙은 어머니를 보살펴야 하기 때문에 목숨을 지키고자 한 것입니다."

시간이 흘러, 포숙이 섬기던 왕자 소백이 왕위에 올랐어요. 관중은 소백과 왕위를 다투던 왕자를 섬겨서 죽을 위기에 놓였지요. 이때, 포숙이 왕 앞에 나아가 말했어요.

"폐하께서 나라를 잘 다스리는 일에 만족하신다면 저 포숙 하나로 충분할 것

입니다. 하지만 천하를 얻으시려면 관중이 꼭 필요합니다. 부디 그를 거두어 주십시오."

포숙의 말대로 관중은 왕을 도와 천하를 통일했답니다. 뒷날, 관중은 포숙에 대해 이렇게 말했어요.

"나를 낳은 이는 부모이지만 나를 알아준 이는 포숙이다."

정말 대단한 우정이지요? 관중과 포숙처럼 우정이 아주 두터운 친구 관계를 가리켜 '관포지교(管鮑之交)'라고 한답니다.

에필로그

오래된 책에서는 좋은 향기가 나고요.
오래된 우정에서는 웃음이 나요.

지혜로운 까마귀

오랫동안 비가 오지 않은 어느 여름날이었어요. 목이 마른 까마귀 한 마리가 물을 찾아 날고 있었지요.

까마귀는 햇볕이 너무 뜨거워서 두 날개가 바싹바싹 타는 것 같았어요.

"휴, 도대체 비는 언제 올까? 너무 메마른 여름이야."

정말, 세상은 바싹 말라 있었어요.

연못은 오래전에 바닥을 보여 물고기가 사라진 지 오래였고요. 그나마 실같이 흐르는 강물은 힘센 동물들이 차지해 버렸지요.

"목을 축일 만한 과일 하나도 없구나……."

까마귀는 어지러워서 가까운 나무에 내려앉았답니다.

나무 아래에 우물이 깊게 파여 있었어요. 평소엔 시원한 물이 가득했지요. 하지만 지금은 흙먼지만 날렸답니다.

"그래도 혹시 모르니 내려가 볼까?"

까마귀는 우물 안으로 내려갔어요. 아래로 내려갈수록 시원해졌지요.

까마귀가 우물 바닥에 도착했어요.

"역시나 물 한 방울 남아 있지 않군."

그런데 우물 바닥에 작은 호리병 하나가 놓여 있지 않겠어요? 호리병을 건드려 보니 찰랑거리는 물소리가 들렸답니다.

"내가 지금 꿈을 꾸는 게 아니지? 분명 물소리야!"

까마귀는 너무 신이 나서 날개를 퍼덕이다가, 하마터면 물을 쏟을 뻔했지 뭐예요.

까마귀는 바싹 마른 부리를 호리병 안으로 밀어 넣었어요. 벌써부터 목구멍을 타고 시원한 물이 지나가는 것 같았지요.

그런데 이럴 수가! 까마귀 부리가 커서 호리병 입구에 딱 걸리고 만 거예요.

"말도 안 돼. 눈앞에 물을 두고도 마실 수 없다니……."

까마귀는 속상한 마음에 호리병을 한참 동안 쳐다보았어요.

"무슨 좋은 방법이 없을까?"

이럴 때, 머릿속에 지혜로운 생각이 떠오르면 얼마나 좋을까요?

까마귀는 고민을 하며 주위를 두리번댔어요.

그때, 바닥에 떨어져 있는 돌멩이들이 눈에 들어왔답니다.

"그래, 바로 저거야. 좋은 방법이 떠올랐어!"

까마귀는 돌멩이를 주워서 호리병 안으로 집어넣었어요.

"퐁당! 퐁당!"

돌멩이를 넣을 때마다 호리병 안의 물이 점점 차올랐어요.

"조금만, 조금만 더!"

마침내 호리병 입구까지 물이 차올랐어요. 까마귀는 시원하고 달콤한 물을 꿀꺽꿀꺽 마셨지요.

"진짜 꿀맛이야. 아무도 이런 방법으로 물을 마실 줄 생각 못 했겠지?"

이렇게 지혜로운 까마귀는 물을 마시고, 시원하게 낮잠을 즐겼답니다.

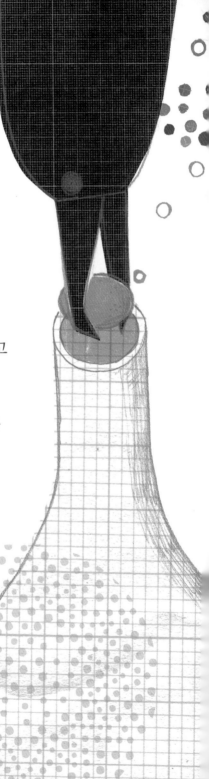

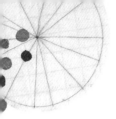

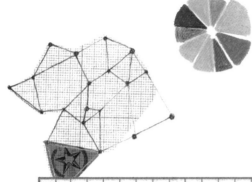

나는 지혜로운 해결사예요

호리병을 기울이지 않고 담긴 물을 마시는 방법은 무엇일까요? 이 수수께끼를 풀려면 까마귀처럼 지혜를 짜내야 해요.

책이나 영화 속에서 모험을 떠난 주인공을 떠올려 보세요. 주인공은 항상 어려운 상황 한가운데 놓여요. 하지만 결국 어떻게 되던가요? 주인공이 위기를 지혜롭게 이겨 내고 모험을 멋지게 끝마치지요?

가끔 내 앞에 해결하기 어려운 일이 닥치곤 해요. 엄마가 잠시 외출한 사이 동생이 집을 엉망으로 만들어 놓거나, 비닐봉지에 이것저것 잔뜩 담아서 들고 가는데 구멍이 나서 모두 쏟을 때도 있지요. 이럴 땐 어떻게 해야 하나 머릿속이 멍해져요. 자, 숨을 크게 쉬고 "나는 지혜로운 해결사야."라고 외쳐 보세요. 여러분도 충분히 지혜롭게 문제를 풀어 나갈 수 있답니다.

사랑에 빠진 사자

아름다운 아가씨가 연못에서 물을 뜨고 있는데, 무시무시한 사자가 나타났어요.

"어흥! 여긴 내 연못이다. 넌 누구냐!"

아가씨는 너무 놀라 뒤로 넘어졌답니다.

그런데 무시무시한 사자의 얼굴이 빨개지지 않겠어요? 아가씨의 아름다운 모습에 홀딱 반한 거예요.

사자는 아가씨에게 다가가 부축해 주었어요.

"노, 놀라게 해서 미안하오. 아가씨는 정말 아름답군요."

사자는 말까지 더듬거렸지요. 심장도 마구 뛰어서 숨 쉬기도 힘들었어요.

"아가씨, 내가 집까지 모셔다 드리겠소!"

아가씨는 무서워서 거절할 수가 없었어요. 그래서 사자와 함께 집으로 향했답니다.

한편, 농부는 딸이 사자와 나란히 걸어오는 것을 보고 깜짝 놀랐어요. 그래서 당장 집 밖으로 뛰어나갔답니다.

사자는 최대한 예의를 갖춰서 인사를 했어요.

"아가씨를 사랑하게 되었습니다. 결혼을 허락해 주십시오."

농부는 사자의 커다란 이빨과 발톱을 보고 마른침을 삼켰어요. 함부로 거절을 했다간 사자에게 잡아먹힐 게 분명했지요.

'뭔가 지혜로운 방법이 있을 거야. 내 딸을 사자와 결혼시킬 수 없어.'

그렇게 농부는 한참을 고민하다가 겨우 입을 열었어요.

"이빨과 발톱을 없애고 오시면 결혼을 허락하지요. 제 딸이 다칠까 두려워서 그렇습니다."

농부의 말에 사자는 기뻐서 강아지처럼 꼬리를 흔들며 뛰었지요.

"하하, 그쯤이야. 당장 이빨과 발톱을 없애고 오겠습니다!"

사자는 신이 나서 곧장 숲으로 돌아갔어요. 하지만 아가씨는 자리에 주저앉아 엉엉 울기 시작했지요.

"아버지, 저는 사자와 결혼하고 싶지 않아요. 흑흑."

"애야, 나에게 좋은 수가 있으니 걱정 말거라."

농부는 빙그레 미소를 지었답니다.

다음 날이 되었어요. 밤새 한숨도 자지 못한 아가씨가 창문을 열었어요. 저 멀리서 사자가 집으로 달려오고 있었지요.

"아버지! 사자가 와요. 저와 결혼하러 오나 봐요!"

아가씨가 눈물을 글썽거리며 농부를 깨웠어요.

농부는 자리에서 벌떡 일어났어요. 그러고는 두 팔을 걷어붙이더니 헛간에 있던 커다란 몽둥이를 꺼내 왔지요.

"아가씨! 내가 왔소. 이빨과 발톱이 없으니 결혼해 주시오."

사자가 큰 소리로 외쳤어요. 정말로 사자의 커다란 입 안에 이빨이 하나도 보이지 않았어요. 두툼한 발에 있던 발톱도요.

"사자님, 약속대로 이빨과 발톱을 없앴군요."

농부가 몽둥이를 들고 사자에게 다가가 말했어요. 그리고 몽둥이로 사자를 때리기 시작했지요.

"왜 이러시는 겁니까? 약속한 대로 이빨과 발톱을 없앴는데!"

"허허, 애초부터 너와 내 딸을 결혼시킬 생각이 없었다."

농부는 이빨과 발톱이
없는 사자를 몽둥이로 흠씬
두들겨 내쫓았답니다.

지혜만 있다면 무서운 사자도 이길 수 있어요

과거부터 지금까지 수많은 전쟁이 있었어요. 전쟁에서 승리한 사람도 있고, 패배해서 목숨을 잃은 사람도 있답니다. 그런데 가장 큰 승리가 뭔지 아나요? 바로 전쟁이 일어나지 않도록 지혜롭게 해결하는 거예요. 그렇게 되면 아무도 다칠 일이 없어 모두가 승리를 거두는 것이기 때문이죠.

하지만 피할 수 없는 싸움에서는 어떻게 하면 이길 수 있을지, 또 다른 지혜가 필요해요. 농부가 사자를 혼내 준 방법처럼요. 사자가 무서운 이유는 날카롭고 큰 이빨과 발톱을 가졌기 때문이에요. 지혜로운 농부는 사자에게 이빨과 발톱을 없애고 오면 딸을 준다고 속였어요. 그 덕분에 다음 날 찾아온 사자를 쉽게 물리치고 딸을 지킬 수 있었답니다.

49명의 목숨을 구한 지혜로운 제갈공명

중국 삼국 시대 촉나라의 재상 제갈공명이 남만 땅을 정벌하러 갔을 때의 일이에요.

남만의 장수 맹획은 촉나라에 항복하길 거부하고 끝까지 싸웠어요. 제갈공명은 맹획을 무려 일곱 번이나 사로잡았지만, 죽이지 않고 밥까지 두둑하게 먹여서 놓아주었어요. 이에 맹획은 크게 감동하여 항복했지요.

제갈공명의 군대가 남만 땅을 정벌하고 촉나라로 돌아갈 때였어요. '노수'라는 강을 건너야 하는데 비바람이 몰아쳐서 도저히 배로 건널 수 없었지요.

그때, 맹획이 앞으로 나와 말했어요.

"노수의 강물을 잔잔하게 하려면, 49명의 머리를 제물로 바쳐야 합니다. 그래야 신이 노여움을 풀 겁니다."

"내 어찌 살아 있는 사람을 제물로 바칠 수 있겠느냐!"

고민을 하던 제갈공명은 밀가루를 반죽하여 그 안에 고기를 넣고 사람 머리

모양으로 빚으라고 명령했어요. 이렇게 가짜 머리를 만든 것이지요.

49개의 가짜 머리를 노수에 던지자 비바람이 멈추고 맑게 개었어요. 정말 신기한 일이지요?

제갈공명의 지혜 덕에 그 누구도 목숨을 잃지 않고, 촉나라로 무사히 돌아갈 수 있었답니다. 이것이 우리가 즐겨 먹는 만두의 기원이라고 해요.

에필로그

앞으로 인생을 살다 보면
두 갈래 길을 만날 때가 있을 거야.
어떤 선택을 해야 좋을지…….

만약 내 선택에 문제가 있다면?
길에서 어려움을 만나게 된다면?

나를 스스로 구할 지혜만 있다면,
아무 문제없어!

가시밭길

제 꾀에 넘어간 당나귀

오늘도 당나귀는 커다란 소금 자루를 짊어졌어요. 이렇게 매일매일 당나귀는 짐을 싣고 주인을 따라 시장으로 갔답니다.

"당나귀야, 오늘도 잘 부탁한다."

주인이 당나귀의 머리를 쓰다듬으며 다정하게 말했어요.

당나귀는 커다란 소금 자루를 짊어지고 시장에 다녀올 생각을 하니 벌써 다리가 아프기 시작했어요.

"자, 출발하자꾸나."

당나귀는 주인을 따라 고개를 넘고 또 넘어 시장으로 향했어요. 오늘따라 햇볕이 쨍쨍해서 당나귀도 주인도 땀을 뻘뻘 흘렸답니다.

어느덧 개울가에 도착했어요. 당나귀는 다리가 후들거렸지요.

'헉, 미끄러지겠다. 위험해!'

순간, 당나귀는 다리를 헛디뎌서 개울로 "풍덩!" 빠지고 말았어요.

주인이 고삐를 잡아 주지 않았다면 당나귀는 떠내려갔을지도 몰라요.

온몸이 홀딱 젖은 당나귀가 땅으로 올라왔어요. 그런데 웬일인지 등이 가벼웠어요.

'어떻게 된 일이지?'

소금이 강물에 녹아서 빈 자루만 남았던 거예요.

"쯧쯧, 아까운 소금을 다 잃었구나. 다음부터는 조심해 다오."

주인은 하는 수 없이 당나귀를 몰고 다시 집으로 돌아갔어요.

다음 날이었어요. 오늘도 주인이 자루를 들고 왔답니다.

"이건 솜이란다. 당나귀야, 오늘은 이 솜을 책임져 다오."

주인이 당나귀의 등에 솜 자루를 실었어요. 당나귀는 짐이 너무 가벼워서 놀랐지요.

'이 정도의 짐은 아무것도 아니야! 눈 감고도 시장에 갔다 오겠는걸?'

당나귀는 콧노래를 부르며 주인을 따라 시장으로 떠났어요.

이윽고 개울가에 다다랐어요. 갑자기 당나귀의 눈빛이 변했지요.

'개울에 살짝 빠져 볼까? 그럼 더 가벼워질텐데…….'

당나귀는 실수인 척하고 개울로 쭉 미끄러졌답니다.

그런데 이를 어쩌면 좋아요, 솜이 물을 빨아들여 점점 무거워지더니 당나귀의 등을 막 누르지 않겠어요?

"뭐지? 몸이 점점 가라앉고 있어. 살려 주세요! 히히힝."

당나귀가 주인을 향해 울어 댔어요. 하지만 고삐를 잡아당기는 주인도 같이 개울로 끌려들어 갈 지경이었답니다.

"아차! 안, 안 돼!"

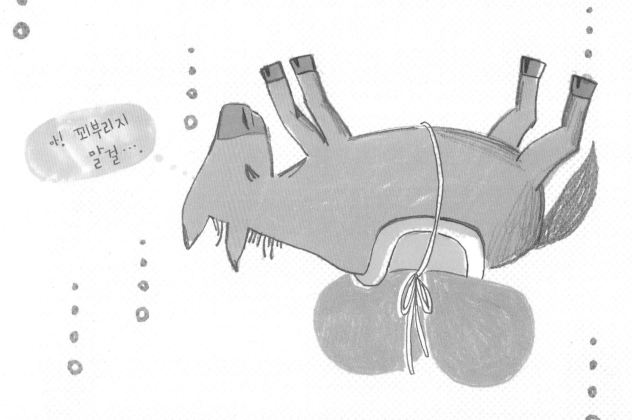

아! 꼬부리지 말렄…

결국, 주인이 고삐를 놓치고 말았어요. 당나귀는 물속으로 꼬르륵하고 사라지고 말았지요.

모른 척하지 말고, 책임지는 어린이가 되어 볼까요?

'책임지다'라는 말이 있어요. 말 그대로 책임은 다른 누구도 아닌 내가 꼭 맡아 안아야 하는 것이랍니다. 우리는 부모님의 자식으로 책임을 다해야 해요. 말썽을 피우지 않는 것은 물론 효도를 해야 하지요. 학교에 입학하면 학생으로서의 책임도 다해야 해요. 나이가 더 들어서는 대한민국의 국민으로서 일을 하고 세금을 내는 등의 책임도 생기지요.

이렇게 '책임'은 내가 어딘가에 속해 있을 때, 내 몫을 다하는 의무 같은 것이에요. 만약 귀찮고 힘들다고 내게 맡겨진 일을 나 몰라라 하면 어떻게 될까요? 청소 당번인데 몰래 도망간다면 다른 친구가 내 대신 청소를 해야 할 거예요. 또는 교실이 더러워서 다음 날 아침 친구들이 인상을 찌푸릴 수도 있지요. 그러니까 아주 작은 역할이라도 모른 척하지 말고 책임을 다하도록 해요.

신하의 책임을 다한 위징

중국 당나라의 두 번째 황제, 태종은 왕위를 물려받을 맏아들이 아니었어요. 그는 형제와 싸워서 왕위를 빼앗았지요.

왕위에 오른 태종은 나라의 기틀을 닦기 위해 노력했어요. 태종의 곁에는 '위징'이라는 충성스러운 신하가 있었답니다.

위징은 태종 앞에서도 눈치를 보지 않고 바른말을 했어요. 불같은 성격을 가진 태종은 위징의 바른말에 몹시 화를 내기도 했지요. 하지만 위징은 바른말하는 것을 멈추지 않았어요. 왕이 올바른 길로 가도록 조언을 하는 것이 신하의 책임이라고 생각했거든요. 그렇기 때문에 언제나 왕에게 자신이 생각하는 바를 두려움 없이 말했지요.

당나라가 그 어느 때보다 평화로웠을 때에도 위징은 책임을 다했어요. 태종이 더 나은 왕이 되기 위해 고쳐야 할 점을 열 가지나 적어서 올렸답니다.

태종이 화를 냈냐고요? 오히려 그 반대였어요. 태종은 기분 나빠하지 않고,

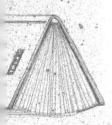

위징이 올린 글을 병풍으로 만들어서 아침저녁으로 읽었답니다.

왜냐하면 더 좋은 왕이 되어 나라를 굳건하게 만드는 것 또한 태종의 책임이었거든요. 그래서 위징과 같은 충성스러운 신하의 말을 흘려듣지 않기 위해 노력한 것이지요.

이렇게 태종과 위징은 세계 역사에서 보기 드문 군신 관계를 유지했답니다.

왠지 아슬아슬하다 싶었어.
"쨍그랑!"
동생이 컵을 깨뜨리고 만 거야.

아무것도 모르는 엄마는 나에게 화를 냈는데,
동생이 실수했지만 왠지 내 책임 같았어.
참 이상하지?

여우와 두루미

"두루미야, 맛있는 저녁 먹으러 우리 집에 올래?"

여우가 두루미를 집으로 초대했어요. 두루미는 썩 내키지 않았지만 고개를 끄덕였지요. 왜냐하면 여우는 자기가 하고 싶은 대로만 했거든요. 조금 전 냇가에서도 두루미가 다 잡은 고기를 여우가 휙 가로챘지 뭐예요.

그날 저녁, 두루미가 여우의 집 문을 똑똑 두드렸어요.

"어서 와, 두루미야. 우리 집은 처음이지?"

걱정과 달리 여우가 따뜻한 목소리로 두루미를 환영해 줬어요. 맛있는 냄새도 솔솔 나는 게, 근사한 저녁을 차린 것 같았지요.

"여우야, 맛있는 음식 냄새를 맡으니까 배가 무척 고파."

"응. 저녁을 차려 두었어. 이리로 올래?"

식탁 위에는 넓적한 접시 두 개가 놓여 있었어요. 아까 냇가에서 잡았던 물고기로 만든 수프였지요.

여우가 자리에 앉아 두 손으로 접시를 잡고 맛있게 수프를 먹었어요. 그런데 두루미는 수프를 먹을 수 없었지요. 길고 뾰족한 부리 때문이었어요.

'이런, 수프를 먹을 수 없잖아.'

여우는 두루미가 수프를 먹는지 마는지 관심도 없었어요.

'손님을 불러 놓고 불친절하네……. 혼자만 먹으면 다야?'

두루미는 속상해서 자리에서 일어났어요.

그때, '여우를 초대해서 똑같이 대하면 어떨까?' 하는 생각이 들었지요.

"여우야, 내일은 우리 집으로 올래? 나도 맛있는 저녁을 대접할게."

"오, 정말? 두루미야, 넌 정말 좋은 친구야."

여우는 부른 배를 두드리며 활짝 웃었지요.

다음 날, 여우가 두루미의 집을 찾아왔어요.

"여우야, 어서 앉아서 저녁 먹자."

여우가 고개를 끄덕이며 식탁 앞에 앉았어요. 그런데 목이 기다란 호리병에 수프가 담겨 있어서 먹기 힘들었지요.

반대로 두루미는 기다란 부리를 호리병 안으로 쑥 넣더니 수프를 맛있게 먹었답니다.

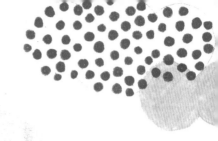

여우는 어렵게 수프를 먹으려다가 어제 일이 생각났어요.

'두루미가 우리 집에 왔을 때 넓적한 접시 때문에 한 입도 못 먹었겠구나.'

그제야 여우는 두루미가 밥을 제대로 못 먹은 것을 깨달았지요.

"미안해, 두루미야. 손님에게 친절하게 대해야 했는데…….”

"괜찮아, 여우야. 여기 네가 먹기 편한 넓적한 접시가 있어.”

두루미가 넓적한 접시를 가져와 수프를 덜어 주었어요.

두루미와 여우는 맛있게 저녁을 먹으며 화해했답니다.

친절은 부메랑처럼 되돌아와요

'친절'은 상대에게 상냥하고 따뜻하게 대하는 거예요. 이야기에서, 두루미를 초대한 여우의 태도는 어땠나요? 두루미가 밥을 제대로 먹는지 마는지 신경도 쓰지 않았지요? 만약 여러분이 친구 집에 놀러 갔는데 이런 대접을 받았다고 생각해 보세요. 화가 머리 꼭대기까지 날 거예요.

'가는 말이 고와야 오는 말이 곱다.'라는 속담이 있어요. 내가 상대에게 친절하게 대하면 상대도 나에게 친절하게 대한다는 뜻이지요. 반대로 내가 불친절하면 상대가 불친절하게 대해도 할 말이 없어요. 여우에게 당한 두루미가 호리병에 담긴 수프를 내놓은 것처럼 말이에요.

해와 바람

해가 기지개를 펴며 떠오르자 아침이 밝았어요. 그런데 오늘따라 바람이 세게 불었지요.

바람이 어찌나 쌩쌩 부는지, 해는 눈이 시렸어요.

"바람아, 부탁이 있는데 좀 살살 불 순 없어?"

"흥, 너야말로 자꾸 눈이 부시게 하잖아."

해와 바람은 서로 마음이 상했어요. 그러다가 해와 바람 둘 중에 누가 더 힘이 센지 다투기 시작했답니다.

"이글이글 타오르는 나를 보라고!"

"흥, 난 회오리바람도 만들 수 있어. 당연히 내가 더 세지."

"누가 더 센지 시합을 해 봐야 알지!"

해가 길을 가던 나그네를 가리키며 말을 계속했어요.

"저 나그네의 외투를 벗기는 쪽이 이기는 거야. 어때?"

"오, 그거라면 누워서 떡 먹기네. 난 좋아!"

나그네는 해와 바람이 자신을 두고 내기하는 줄도 모르고 길을 걸었지요.

"햇볕이 쨍쨍한데 왜 이렇게 바람이 불지?"

나그네는 멈춰 서서 외투 단추를 하나하나 잠갔어요. 그 모습에 바람은 더 신이 났어요.

"내가 회오리바람을 만들어서 그 외투를 벗겨 주지! 하하!"

바람이 말을 마치기 무섭게 온 힘을 다해서 숨을 내쉬었어요. 그러자 차갑고 세찬 기운이 나그네를 덮쳤답니다.

"으으, 무슨 날씨가 이래? 한겨울 같잖아."

나그네는 팔짱을 끼더니 고개를 푹 숙였어요.

바람은 다시 숨을 모아서 "훅훅!" 하고 세게 뱉었답니다. 나그네는 넘어질 것처럼 비틀거렸어요. 그리고 외투가 벗겨지지 않게 두 손으로 꼭 잡았지요.

"이럴 수가!"

바람이 화가 나서 씩씩대자, 해가 어깨를 툭툭 치며 앞으로 나섰어요.

"이젠 내 차례야. 어떻게 하는지 보고 배워."

해의 얼굴이 점점 새빨갛게 달아올랐어요.

어느새 나그네의 이마에 땀방울이 송골송골 맺히기 시작했어요.

"휴, 더워라. 아깐 한겨울 같더니 지금은 여름이 온 것 같군."

나그네가 중얼거리더니 외투 단추를 하나하나 풀기 시작했어요.

해는 그때를 놓치지 않고 더 뜨거운 볕을 내리쬐었지요.

마침내 나그네가 외투를 훌렁 벗었어요. 해의 완벽한 승리였지요.

"야호! 내가 이겼다. 바람아, 너도 봤지?"

해가 바람을 쿡쿡 찌르며 웃자, 바람은 고개를 푹 숙였어요.

"무식하게 힘을 쓴다고 다 이기는 게 아니네."

"그래, 진짜 강력한 힘은 바로 따뜻하고 친절한 마음이라고."

해가 바람의 어깨 위로 따뜻한 볕을 보내며 미소를 지었어요.

싸움에 져서 차갑고 딱딱해졌던 바람의 마음도 눈 녹듯 풀렸답니다.

마음의 문을 여는 힘은 바로 친절이에요

어떤 사람은 상대에게 무뚝뚝하게 굴며 함부로 대해요. 이러면 친구를 사귀기 힘들지요. 반대로 친절한 사람의 곁에는 친구가 많아요. 누구나 상냥하게 웃고 정겹게 대해 주는 사람을 좋아하기 마련이니까요.

만약 좋은 친구를 많이 사귀고 싶다면 주변 사람들에게 먼저 다가가서 친절하게 대해 보세요. 마치 해가 나그네의 두꺼운 외투를 벗기듯, 상대의 마음을 열게 만드는 친절을 베푸는 거예요. 그리고 나를 미워하는 사람을 똑같이 미워하지 말고, 친절하게 대해 보면 어떨까요? 나중에 그 사람이 여러분의 가장 친한 친구가 되어 있을지도 몰라요.

세계를 감동시킨 테레사 수녀의 친절

테레사 수녀는 1910년 지금의 마케도니아의 수도 스코페에서 태어났어요. 그리고 1931년 수녀 신분으로 인도에 갔지요. '콜카타'라는 도시에서 16년 동안 소녀들을 가르쳤답니다.

그 당시 인도는 영국으로부터 독립을 했지만 전쟁이 계속되어 상황이 좋지 않았어요. 거리는 가난하고 병든 사람들로 가득했지요. 테레사 수녀는 직접 거리로 나가 사람들을 돕고 싶었어요.

하지만 사람들은 그 마음을 진심으로 받아들이지 않고 의심했어요. 테레사 수녀는 사람들에게 가까이 다가가기 위해, 검은 수녀복 대신 인도의 전통 옷 사리를 입고 정성을 다해 봉사했답니다.

어느새 테레사 수녀의 곁에는 미혼모(결혼을 하지 않은 몸으로 아이를 낳은 여자)와 고아는 물론, 나병(나병균에 의하여 감염되는 전염병으로, 피부에 살점이 불거져 나오거나 눈썹이 빠지고 손발이나 얼굴이 변형됨) 환자들이 모여 마

을이 만들어졌어요. 사람들은 테레사 수녀를 '하늘에서 내려온 천사'라고 불렀지요.

　모두가 기억하는 테레사 수녀는 다 낡은 하얀 사리를 입고, 나병 환자를 손수 씻기며 고아들을 거두는 친절한 모습이었어요. 비록 처음에 환영받지 못했지만, 가난한 사람들을 향한 테레사 수녀의 친절한 마음은 인도를 넘어 전 세계를 감동시켰답니다.

에필로그

어깨를 내어 주거나
손을 잡아 주지 않아도
남몰래 내가 할 수 있는 친절.

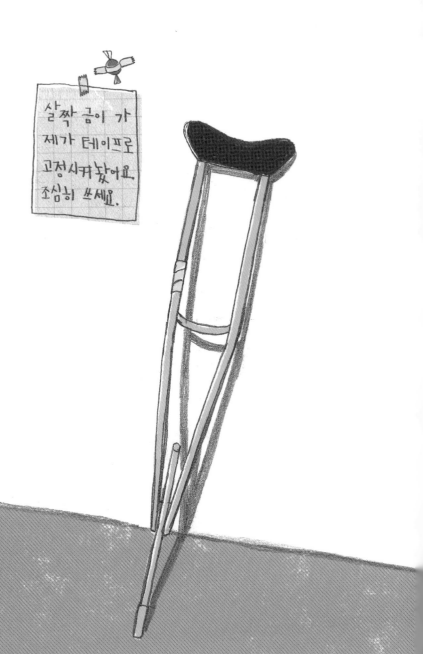

살짝 금이 가
제가 테이프로
고정시켜놨어요.
조심히 쓰세요.

소 세 마리

옛날에 검정소, 누렁소, 얼룩소가 사이좋게 살았어요. 셋은 무엇이든 함께 했지요. 풀을 찾으러 갈 때도, 물을 마실 때도, 잠을 잘 때도 꼭 붙어 다녔답니다.

"음매, 같이 다니니까 든든하고 좋아."

"우리 영원히 친구를 하자고. 음매."

"좋아, 좋아!"

그런데 이 셋을 쫓아다니는 그림자가 하나 있었어요. 바로, 소를 잡아먹으려고 호시탐탐 노리는 사자였답니다.

"세 녀석이 함께 다니니……, 잡아먹을 수가 없잖아."

사자가 시퍼렇게 멍이 든 한쪽 눈을 만지며 중얼거렸지요.

사실 며칠 전 사자는 낮잠을 자는 소들에게 다가갔어요. 그런데 잠귀가 밝은 얼룩소가 벌떡 일어나,

"사자다!"

하고 외치는 게 아니겠어요?

그 바람에 검정소와 누렁소가 일어났고, 셋은 콧김을 뿜으며 사자를 뿔로 들이받았어요. 사자는 협동해서 달려드는 소들에게 흠씬 얻어맞았답니다.

"으으. 그때를 생각하니 다시 욱신거리네……."

사자는 좋은 방법이 없는지 곰곰이 생각해 보았어요. 그때 별처럼 반짝하고 머릿속을 스치는 생각이 있었지요.

"아, 바로 그거야! 세 마리를 뿔뿔이 흩어 놓자!"

사자가 무릎을 탁 치며 외쳤어요. 소 세 마리는 당할 수 없어도, 한 마리는 쉽게 이길 수 있었거든요.

사자가 또다시 소들을 찾아갔어요. 분위기가 금세 험악해졌어요.

"또 얻어맞고 싶어서 왔냐? 이번엔 그냥 안 넘어가!"

"그게 아니야. 너희 중에 누가 제일 힘이 센지 궁금해서 왔어."

사자의 말에 누렁소가 앞으로 나오며 외쳤어요.

"하하! 당연히 내가 힘이 제일 세지!"

그러자 뒤에 있던 얼룩소와 검정소가 얼굴이 빨개져서 말했지요.

힘을 합치니 나보다 강하잖아.

"무슨 소리야? 뿔은 내가 훨씬 크고 날카로운데?"

"흥, 잔소리 말고 한번 겨뤄 보자! 누가 더 센지!"

셋은 서로 뿔을 맞대고 싸웠어요. 사자가 예상한 대로 한바탕

싸운 소 세 마리는 따로 지내게 되었답니다.

"흐흐, 이제 하나씩 공격해 볼까?"

사자는 혼자 다니는 소들에게 마음껏 달려들었어요.

결국 검정소, 누렁소, 얼룩소, 세 마리 모두 사자에게 잡아먹히고 말았답니다.

혼자서 힘들다면 친구들과 힘을 합쳐 보세요!

세상을 살다 보면 나 혼자 힘으로 이겨 낼 수 없는 일들이 있어요. 이를테면, 무거운 짐을 옮겨야 하는데 혼자 들기에는 너무 벅차다면요? 그럴 땐 혼자 해 보겠다고 고집을 피우며 끙끙대지 말고, 주변의 친구들과 힘을 합쳐 보세요. 물론 혼자 힘으로 일을 해내는 것은 정말 멋진 일이에요. 하지만 혼자서 무리하게 도전하다가 다칠 수도 있으니까요.

만약 소 세 마리가 싸우지 않았다면 어땠을까요? 사자로부터 서로를 보호하며 잘 살 수 있었을 거예요. '뭉치면 살고 흩어지면 죽는다.'라는 말이 이 경우와 딱 맞지요? 어려운 상황에서는 협동하는 것이 큰 힘이 된답니다.

지혜로운 농부

오늘도 농부의 집에서 "우당탕!" 하더니 서로 싸우는 소리가 들렸어요. 아침부터 저녁까지 세 아들이 쉬지 않고 싸워 댔거든요.

"작은형이 먼저 나를 때렸어. 일부러 그랬지?"

"내가 숨겨 둔 과자를 몰래 먹어서 때렸다. 왜!"

"바보들, 그 과자는 내가 먹었거든."

큰형이 으스대자, 두 동생의 얼굴이 붉으락푸르락했어요. 결국 셋은 서로 엉켜서 뒹굴었답니다.

그 모습을 본 농부는 땅이 꺼져라 한숨을 쉬었어요.

"휴, 하루라도 조용히 지나가는 날이 없구나. 큰일이야."

농부가 좋게 타일러도, 회초리를 들고 혼을 내도 소용없었어요.

"다들 나가서 각자 나무 한 단씩 해 오거라."

농부는 화가 잔뜩 난 얼굴로 세 아들에게 말했지요. 세 아들은 쥐 죽은 듯 조용해져서 들판으로 나갔답니다.

"흑흑, 아버지가 나뭇가지로 회초리를 만드시려나 봐."

"이게 다 큰형 때문이야. 형이 정말 미워."

세 아들은 들판에 나가서도 여전히 서로를 미워하며 투덜댔어요.

세 아들이 나뭇단을 가슴에 안고 집으로 돌아오자, 농부가 말했어요.

"자, 너희들이 해 온 나뭇단을 꺾어 보거라."

세 아들은 나뭇단을 꺾어 보았어요. 그런데 아무리 힘껏 힘을 줘도 잘 꺾이지 않았답니다.

"끙, 절대 꺾이지 않아요. 이러다가 제 팔이 부러지겠어요."

"아버지, 못하겠어요. 차라리 다른 방법으로 혼내 주세요."

세 아들은 한동안 낑낑대다가 나뭇단을 내려놓고 농부에게 말했어요.

그러자 농부가 다시 무서운 얼굴로 말했지요.

"그러면 나뭇단에서 나뭇가지 하나만 꺼내서 꺾어 보거라."

농부의 말에 세 아들은 나뭇가지 하나를 꺼냈어요. 그리고 조금 힘을 주자, 나뭇가지가 "툭!" 하고 부러졌답니다.

"아버지, 시키신 대로 나뭇가지를 꺾었어요."

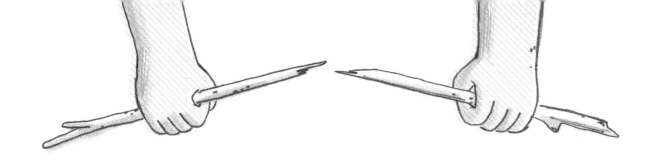

"헤헤, 나뭇가지 하나는 별거 아니네요."

세 아들이 웃었어요. 그제야 농부도 미소를 지으며 말했지요.

"얘들아, 이제 알겠니? 단단한 나뭇단은 너희들이 싸우지 않고 협동할 때 모습이란다. 누가 꺾으려고 해도 절대 꺾을 수 없지."

아이들이 나뭇단을 내려다보며 고개를 끄덕였어요.

"나뭇가지 하나는 서로 싸우고 미워할 때 너희들의 모습이야. 쉽게 꺾을 수 있지? 그러니까 서로 사이좋게 지내려무나."

"네, 약속할게요."

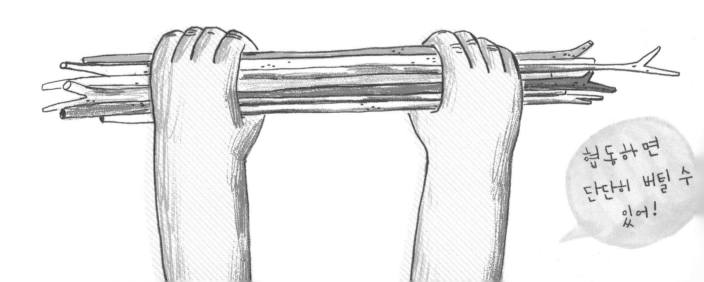

협동하면 단단히 버틸 수 있어!

세 아들은 농부의 깊은 뜻을 깨달았어요. 그 뒤로 싸우지 않고 사이좋게 지냈답니다.

손잡고 하나가 되면 높은 벽도 넘을 수 있어요

1990년대 후반 우리나라에 IMF 경제 위기가 닥쳐 매우 힘든 시기가 있었어요. 경제 개발 과정에서 외국 자본을 빌렸으나 이를 갚지 못한 거예요. 이때 우리 국민들은 경제를 살리기 위해 집에 있던 금을 가져와 나라에 기부했답니다. 작은 금반지 하나라도 보탬이 될 거란 마음에 모든 국민이 협동한 거예요.

만약 나와 가까운 사람에게 큰일이 생기면 어떻게 해야 할까요? 나뭇가지 하나하나가 모여 나뭇단을 이루듯, 힘을 합쳐 도와주어야겠지요? 서로 힘을 합쳐 위기를 헤쳐 나가는 거예요.

유비·관우·장비가 보여 준 협동의 힘

유비는 중국 한나라 황실의 후손이었지만, 가난한 집안 사정 때문에 신발과 돗자리를 만들어 팔아 생활했어요. 하지만 나라를 생각하는 마음만은 지극했지요.

그러던 어느 날, 누런 수건을 쓴 도적 떼인 황건적이 한나라를 위태롭게 했어요. 그래서 마을에 의병을 모집한다는 방이 붙었답니다.

"어허, 나라에 큰 힘이 되고 싶은데 나 혼자론 힘이 부족하구나."

유비가 크게 한숨을 푹 쉬는데 뒤에서 누군가 껄껄 웃었어요.

"하하하! 사내대장부가 한숨을 쉬다니, 일단 나가서 싸우면 되잖소!"

떡 벌어진 어깨에 사방으로 뻗은 수염을 가진 장비였어요. 딱 보아도 엄청난 무예 실력을 지닌 것처럼 보였지요.

"좋소. 그렇다면 우리 주점에 들어가서 함께 이야기를 나눕시다."

유비와 장비는 주점에서 또 한 명의 사람을 만나게 되었어요.

대춧빛 얼굴에 기다란 수염을 가진 관우였답니다.

"그대도 무예 실력이 대단할 듯한데, 우리 셋이 함께 힘을 합쳐 황건적을 해치웁시다."

관우 역시 의병대에 들어갈 생각이었기에 고개를 끄덕였지요.

마침 장비의 집 뒤뜰에 있는 복숭아나무에 꽃이 활짝 피어 있었어요. 그래서 유비, 관우, 장비는 복숭아나무 아래에서 의형제를 맺고 한날한시에 죽기로 맹세했답니다. 뒷날, 이들은 황건적을 물리치는 것은 물론 촉나라를 세우는 업적을 남겼지요.

1+1+1+1+1+1=6
여섯 명이 협동하여 합체!

1+1+1+1+1−1=0
누구 하나라도 빠지면,

무너지는 것은 한순간!

도끼를 주운 친구

두 친구가 함께 나무를 하러 숲으로 갔어요.

"도끼가 많이 낡았네. 새로 사야겠는걸?"

"휴, 그러게. 그런데 도끼가 워낙 비싸야지. 어……!"

친구가 갑자기 말을 멈추더니 덩실덩실 춤을 추었어요.

"자네 머리가 이상해진 게 아닌가? 왜 춤을 추나?"

"저길 보게! 하늘이 나에게 행운을 내려 주었나 봐!"

친구가 손으로 가리킨 곳에 도끼 한 자루가 떨어져 있지 뭐예요.

"마침 새 도끼가 필요했는데, 도끼가 떨어져 있다니!"

두 친구는 도끼를 만지며 껄껄 웃었어요.

"이런 걸 행운이라고 하나 보네."

"그동안 열심히 나무를 한 덕인가 보지."

두 친구는 서로의 어깨를 두드리며 기뻐했답니다.

"그럼 우리 이 도끼로 같이 나무를 하세!"

"우리라고? 내가 주웠으니 이 도끼는 내 걸세."

새 도끼를 주운 친구가 우쭐한 표정을 지었어요. 그러자 다른 친구는 기분이 상했어요.

'허허, 같이 기뻐해 주었는데 사람이 저렇게 변하나.'

그때, 멀리서 누군가의 목소리가 들려왔어요. 화가 머리 꼭대기까지 난 목소리였지요.

"도둑놈아! 내 도끼를 당장 내려놓아라!"

두 친구는 깜짝 놀라서 뒤를 돌아보았어요. 얼굴이 험상궂고 덩치 큰 남자가 몽둥이를 들고 이쪽으로 달려오고 있었지요.

도끼를 든 친구가 난감한 표정으로 친구에게 물었어요.

"헉, 저자가 이 도끼의 주인인가 보네. 우리 이제 큰일 났네! 어떻게 하면 좋단 말인가?"

"우리라고? 아까 이 도끼는 자네 것이라고 하지 않았나?"

친구는 차가운 표정으로 도끼를 든 친구에게 대답했답니다.

어느새 도끼 주인이 가까이 다가왔어요. 도끼를 든 친구는 하는 수 없이 도망쳤지요. 하지만 얼마 못 가서 뒷덜미를 잡히고 말았어요.

"아이고, 난 그냥 땅에 떨어진 도끼를 주웠을 뿐이라고요."

"흥, 주웠으면 주인에게 돌려줘야지. 그냥 가져가는 건 도둑질이야!"

결국 행운인 줄 알았던 도끼가 불행을 가져왔지요.

행운의 여신님, 나에게 행운을 줄래요?

　사람들은 모두 자신에게 행운이 찾아오길 기도해요. 어느 날 길에서 첫눈에 반하는 운명의 상대를 만나길 바라기도 하고요. 기적적으로 병이 낫게 해 달라고 빌기도 해요. 어떤 사람은 큰돈을 얻는 행운을 바라며 복권을 사기도 한답니다.

　그런데 행운의 여신은 모두에게 똑같이 행운을 준다고 해요. 행운이 온 줄 미처 모르고 잡지 못하는 게 문제지요. 또는 자만에 빠져서 행운을 망치기도 해요. 도끼를 주운 친구의 모습을 보세요. 만약 주인을 찾아서 도끼를 돌려주었다면, 주인이 고맙다며 큰 선물을 주었을지 또 누가 아나요? 하지만 도끼를 주운 친구는 자기만 생각하다가 행운을 놓쳐 버리고 말았답니다.

예수의 얼굴로 태어난 행운을 잃은 남자

이탈리아의 미술가, 레오나르도 다빈치가 걸작 〈최후의 심판〉을 그릴 때 이야기예요. 다빈치의 가장 큰 고민은 예수 그리스도와 예수를 배신하는 유다의 모델을 구하는 것이지요.

"흠, 예수 그리스도의 얼굴은 성스럽고 아름다워야 해."

한참을 고민하던 다빈치 앞에 완벽한 모델이 나타났어요. 바로, 성가대에서 노래를 부르던 '피에트로'라는 소년이었답니다. 소년은 모델이 되는 행운을 얻게 되었고, 〈최후의 심판〉에 예수의 모습으로 그려졌지요.

그로부터 6년의 시간이 흘렀어요. 다빈치는 여전히 유다의 모델을 찾고 있었어요. 유다는 예수가 로마 인에게 잡혀가게 고자질한 나쁜 제자였어요. 그래서 다빈치는 감옥으로 가서 유다의 모델을 찾기로 했지요.

그때, 감옥 구석에 있는 한 남자가 다빈치의 눈길을 끌었어요. 남자의 얼굴에서 비열함이 느껴졌지요.

"난 그림을 그리는 다빈치라고 하오. 내 그림의 모델이 되어 주겠소?"

남자는 한동안 말을 잇지 못하더니 대답했어요.

"선생님, 저를 기억하지 못하십니까? 예전에 예수 그리스도의 모델로 섰던 피에트로입니다."

남자의 말에 다빈치는 크게 놀랐어요. 피에르토의 얼굴에서 옛 모습을 찾을 수 없었거든요.

피에트로는 아름다운 외모로 태어나는 행운을 가졌지만, 그 뒤로 나쁜 짓을 저질러서 얼굴도 비열한 모습으로 변해 버린 것이었답니다.

준비가 되어 있지 않으면,
행운이 왔다 간 줄도 모르는 법이야.

외출 중